O DEMÔNIO E A SRTA. PRYM

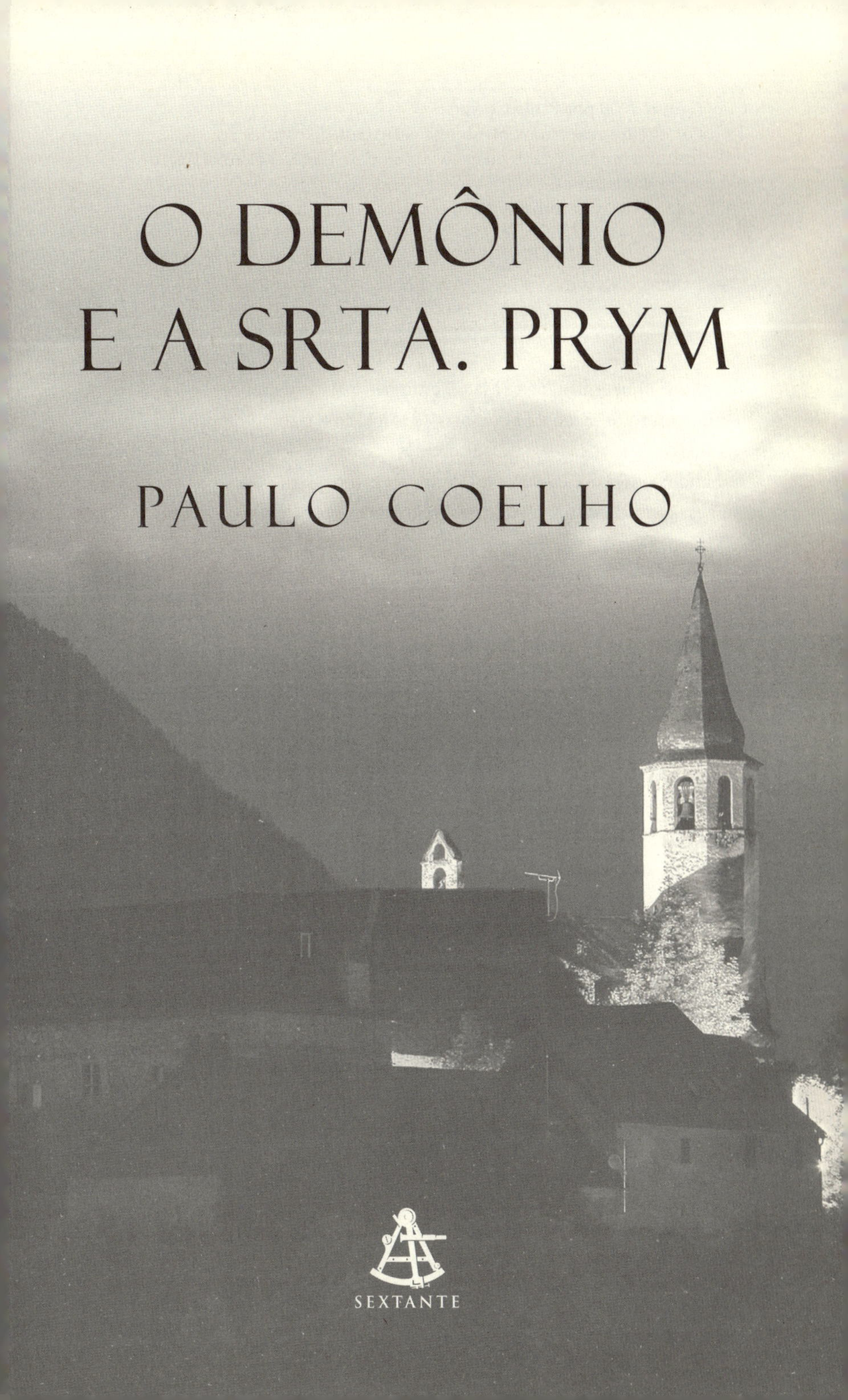

O DEMÔNIO E A SRTA. PRYM

PAULO COELHO

SEXTANTE

Publicado em acordo com Sant Jordi Asociados Agencia Literaria S.L.U., Barcelona, Espanha.

www.paulocoelho.com

REVISÃO: Fátima Amendoeira Maciel e Umberto Figueiredo
CAPA, PROJETO GRÁFICO E DIAGRAMAÇÃO: Ana Paula Daudt Brandão
IMAGEM DE CAPA: Cidade: Lucas Vallecillos / Getty Images;
Fundo: Kati1313 / Dreamstime.com
IMPRESSÃO E ACABAMENTO: Bartira Gráfica e Editora S/A

CIP-BRASIL. CATALOGAÇÃO NA PUBLICAÇÃO
SINDICATO NACIONAL DOS EDITORES DE LIVROS, RJ

C614d

Coelho, Paulo, 1947-
O demônio e a srta. Prym / Paulo Coelho; Rio de Janeiro: Sextante, 2013.
176 p.; 14 x 21 cm.

ISBN 978-85-7542-983-9

1. Ficção brasileira. I. Título.

13-04177 CDD: 869.93
CDU: 821.134.3(81)

Rua Voluntários da Pátria, 45 – Gr. 1.404 – Botafogo
22270-000 – Rio de Janeiro – RJ
Tel.: (21) 2538-4100 – Fax: (21) 2286-9244
E-mail: atendimento@esextante.com.br
www.sextante.com.br

Ó Maria, concebida sem pecado,
rogai por nós, que recorremos a Vós. Amém.

Certo homem de posição perguntou-lhe: Bom Mestre, que farei para herdar a vida eterna?

Respondeu-lhe Jesus: Por que me chamas bom? Ninguém é bom, senão um só, que é Deus.

Lucas 18:18-19

Antes de começar

A primeira história sobre a Divisão nasce na antiga Pérsia: o deus do tempo, depois de haver criado o Universo, dá-se conta da harmonia à sua volta, mas sente que falta algo muito importante – uma companhia com quem desfrutar toda aquela beleza.

Durante mil anos ele reza para conseguir ter um filho. A história não diz para quem ele pede algo, já que é todo-poderoso, senhor único e supremo; mesmo assim ele reza, e termina engravidando.

Ao perceber que conseguiu o que queria, o deus do tempo fica arrependido, consciente de que o equilíbrio das coisas era muito frágil. Mas é tarde demais – o filho já está a caminho. Tudo que ele consegue com seu pranto é fazer com que o filho que trazia no ventre se divida em dois.

Conta a lenda que, assim como da oração do deus do tempo nasce o Bem (Ormuz), do seu arrependimento nasce o Mal (Arimã) – irmãos gêmeos.

Preocupado, ele arranja tudo para que Ormuz saia primeiro do seu ventre, controlando o seu irmão, e evita que Arimã cause problemas ao Universo. Entretanto, como o Mal é esperto e capaz, consegue empurrar Ormuz na hora do parto, e vê primeiro a luz das estrelas.

Desolado, o deus do tempo resolve criar aliados para Ormuz: faz nascer a raça humana, que lutará com ele para dominar Arimã, e evitar que este tome conta de tudo.

Na lenda persa, a raça humana nasce como aliada do Bem e, segundo a tradição, irá vencer no final. Outra história sobre a

Divisão, entretanto, surge muitos séculos depois, dessa vez com uma versão oposta: o homem como instrumento do Mal.

Penso que a maioria sabe do que estou falando: um homem e uma mulher estão no jardim do Paraíso, gozando todas as delícias que possam imaginar. Só existe uma única proibição – o casal jamais pode conhecer o que significa Bem e Mal. Diz o Senhor Todo-Poderoso (Gên: 17): "*Da árvore do conhecimento do Bem e do Mal não comerás.*"

E um belo dia surge a serpente, garantindo que esse conhecimento era mais importante que o próprio Paraíso, e eles deveriam possuí-lo. A mulher recusa-se, dizendo que Deus a ameaçou de morte, mas a serpente garante que, no dia em que souberem o que é Bem e Mal, serão iguais a Deus.

Convencida, Eva come o fruto proibido, e dá parte dele a Adão. A partir daí, o equilíbrio original do Paraíso é desfeito, e os dois são expulsos e amaldiçoados. Mas existe a frase enigmática, dita por Deus, que dá toda razão à serpente: "*Eis que o homem se tornou como um de nós, conhecedor do Bem e do Mal.*"

Também neste caso (igual ao do deus do tempo que reza pedindo algo, embora seja o senhor absoluto) a Bíblia não explica com quem o Deus único está falando, e – se ele é único – por que está dizendo algo como "*um de nós*".

Seja como for, desde suas origens a raça humana está condenada a se mover na eterna Divisão entre os dois opostos. E aqui estamos nós, com as mesmas dúvidas dos nossos antepassados; este livro tem como objetivo abordar o tema usando, em certos momentos de seu enredo, algumas lendas sobre o assunto, semeadas pelos quatro cantos da Terra.

Com *O demônio e a srta. Prym* eu concluo a trilogia "E no sétimo dia...", da qual fazem parte *Na margem do rio Piedra eu sentei e chorei* (1994) e *Veronika decide morrer* (1998). Os três livros falam de uma semana na vida de pessoas normais, que subitamente se veem confrontadas com o amor, a morte e o poder. Sempre acreditei que as profundas transformações, tanto no ser humano como na sociedade, ocorrem em períodos de tempo muito reduzidos. Quando menos esperamos, a vida coloca diante de nós um desafio para testar nossa coragem e nossa vontade de mudança; neste momento, não adianta fingir que nada acontece, ou nos desculpar dizendo que ainda não estamos prontos.

O desafio não espera. A vida não olha para trás. Uma semana é tempo mais que suficiente para sabermos decidir se aceitamos ou não o nosso destino.

PAULO COELHO
Buenos Aires, agosto de 2000

Há quase quinze anos, a velha Berta sentava-se todos os dias diante da porta de casa. Os habitantes de Viscos sabiam que as pessoas idosas normalmente agem assim: sonham com o passado e a juventude, contemplam um mundo do qual não fazem mais parte, procuram assunto para conversar com os vizinhos.

Berta, porém, tinha uma razão para estar ali. E sua espera terminou naquela manhã, quando viu o estrangeiro subir a ladeira íngreme e dirigir-se lentamente em direção ao único hotel da aldeia. Não era como o havia imaginado tantas vezes; sua roupa estava gasta pelo uso, tinha o cabelo mais comprido do que o habitual e a barba por fazer.

Mas vinha com sua companhia: o demônio.

"Meu marido tem razão", disse para si mesma. "Se eu não estivesse aqui, ninguém teria percebido."

Era péssima para calcular idades, por isso estimou que tivesse entre 40 e 50 anos. "Um jovem", pensou, usando este referencial que só os velhos conseguem entender. Perguntou silenciosamente quanto tempo ele ficaria por ali, e não chegou a nenhuma conclusão; talvez pouco tempo, já que só trazia uma pequena mochila. Era mais provável que permanecesse apenas uma noite, antes de seguir adiante, para um destino que ela não sabia e não lhe interessava.

Mesmo assim, valeram todos os anos em que ficou sentada diante da porta de sua casa aguardando sua chegada, pois lhe ensinaram a contemplar a beleza das montanhas – coisa que nunca notara, pelo simples fato de ter nascido ali e estar acostumada à paisagem.

Ele entrou no hotel, como era de esperar. Berta considerou a possibilidade de falar com o padre a respeito daquela presença indesejável: mas ele não lhe daria ouvidos, dizendo que aquilo era coisa de gente idosa.

Bem, agora restava ver o que acontecia. Um demônio não precisa de tempo para causar estragos – assim como as tempestades, os furacões e as avalanches que conseguem destruir, em algumas horas, árvores que foram plantadas há duzentos anos. De repente, dava-se conta de que o simples conhecimento de que o Mal acabava de entrar em Viscos em nada mudava a situação; demônios chegam e partem, sempre, sem que necessariamente algo seja afetado pela presença deles. Estão constantemente caminhando pelo mundo, às vezes apenas para saber o que está acontecendo, outras vezes para testar esta ou aquela alma, mas são inconstantes e mudam de alvo sem qualquer lógica, guiados apenas pelo prazer de uma batalha que valha a pena. Berta achava que Viscos não tinha nada de interessante ou especial para atrair a atenção de quem quer que fosse por mais de um dia – quanto mais alguém tão importante e ocupado como um mensageiro das trevas.

Tentou concentrar-se em outra coisa, mas a imagem do estrangeiro não lhe saía da cabeça. O céu, antes ensolarado, começou a ficar carregado de nuvens.

"Isso é normal, sempre acontece nesta época do ano", pensou. Nenhuma relação com a chegada do estrangeiro, apenas uma coincidência.

Então ouviu o ruído longínquo de um trovão, seguido de mais outros três. De um lado, isso queria dizer que a chuva estava a caminho; por outro lado, se resolvesse acreditar nas antigas tradições do lugarejo, poderia interpretar aquele som como a voz de um Deus irado, reclamando que os homens haviam se tornado indiferentes à Sua presença.

"Talvez eu deva fazer alguma coisa. Afinal, o que eu estava esperando acaba de chegar."

Ficou alguns minutos prestando atenção a tudo que se passava à sua volta; as nuvens continuaram a descer sobre a cidade, mas não tornou a escutar nenhum ruído. Como boa ex-católica, não acreditava em tradições e superstições, principalmente as de Viscos, que tinham suas raízes na antiga civilização celta que um dia habitara o local.

"Um trovão é apenas um fenômeno da natureza. Se Deus quisesse falar com os homens, não iria usar meios tão indiretos."

Foi pensar nisso e escutar de novo o barulho de um raio – dessa vez, bem mais próximo. Berta levantou-se, recolheu a cadeira e entrou antes que a chuva começasse a cair – mas agora seu coração estava apertado, com um medo que não conseguia definir.

"O que devo fazer?"

Tornou a desejar que o estrangeiro partisse logo; estava velha demais para poder ajudar a si mesma, à sua aldeia, ou – principalmente – ao Senhor Todo-Poderoso, que, no caso de precisar de apoio, teria certamente escolhido alguém mais jovem. Tudo aquilo não passava de um delírio; na falta do que fazer, seu marido ficava tentando inventar coisas para ajudá-la a passar o tempo.

Mas que havia visto o demônio – ah, disso ela não tinha a menor dúvida.

Em carne e osso, vestido de peregrino.

O hotel era ao mesmo tempo uma loja de produtos regionais, um restaurante de comidas típicas e um bar onde os habitantes de Viscos costumavam se reunir para discutir as mesmas coisas – como o tempo ou o desinteresse dos jovens pela aldeia. "Nove meses de inverno, três meses de inferno", costumavam dizer, referindo-se ao fato de precisarem fazer, em apenas noventa dias, todo o trabalho de aragem do campo, adubação, semeadura, espera, colheita, armazenagem de feno, corte de lã.

Todos que moravam ali sabiam que estavam insistindo em viver em um mundo que já havia terminado; mesmo assim, não lhes era fácil aceitar que faziam parte da última geração de agricultores e pastores que há séculos povoavam aquelas montanhas. Mais cedo ou mais tarde chegariam as máquinas, o gado seria criado longe dali, com ração especial, o vilarejo talvez fosse vendido para uma grande firma, com sede num país estrangeiro, que o transformaria em uma estação de esqui.

Isso já havia acontecido com outras cidades da região, mas Viscos resistia – porque tinha uma dívida com seu passado, com a forte tradição dos ancestrais que habitaram um dia aquele local, e que tinham ensinado como é importante lutar até o último minuto.

O estrangeiro leu cuidadosamente a ficha do hotel, decidindo como iria preenchê-la. Pelo seu sotaque, saberiam que teria vindo de algum país da América do Sul, e decidiu que seria Argentina, porque gostava muito de sua seleção de futebol. A ficha pedia o endereço, e ele escreveu rua Colômbia, deduzindo que os sul-americanos costumam homenagear-se mutuamente dando nomes de lugares importantes aos países vizinhos. Como nome, escolheu o de um famoso terrorista do século passado.

Em menos de duas horas, todos os 281 habitantes de Viscos já sabiam que acabava de chegar ao vilarejo um estrangeiro chamado Carlos, nascido na Argentina, que morava na aprazível rua Colômbia, em Buenos Aires. Esta era a vantagem das cidades muito pequenas: não é preciso fazer nenhum esforço para que logo descubram tudo sobre a sua vida pessoal.

O que, aliás, era a intenção do recém-chegado.

Subiu ao seu quarto e esvaziou a mochila: trazia algumas poucas roupas, um aparelho de barbear, um par de sapatos extra, vitaminas para evitar resfriados, um grosso caderno onde fazia suas anotações e onze barras de ouro pesando dois quilos cada uma. Exausto pela tensão, pela subida e pelo peso que carregava, dormiu quase imediatamente, não sem antes colocar uma cadeira escorando a porta, mesmo sabendo que podia confiar em cada um dos 281 habitantes de Viscos.

No dia seguinte, tomou o café da manhã, deixou as roupas na portaria do pequeno hotel para que fossem lavadas, recolocou as barras de ouro na mochila e saiu em direção à montanha que ficava a leste da aldeia. No caminho, viu apenas um habitante do local, uma velha sentada diante de sua casa, que o observava com ar curioso.

Embrenhou-se na floresta, e esperou até que seus ouvidos se acostumassem ao barulho dos insetos, dos pássaros e do vento batendo nos galhos sem folhas; sabia que, num lugar como aquele, podia estar sendo observado sem que notasse, e ficou quase uma hora sem fazer nada.

Quando teve certeza de que um eventual observador já se teria cansado e ido embora sem nenhuma novidade para contar, cavou um buraco perto de uma formação rochosa em forma de Y e escondeu uma das barras ali. Subiu mais um pouco, ficou outra hora como se contemplasse a natureza em profunda meditação, viu outra formação rochosa – dessa vez parecida com uma águia – e cavou um novo buraco, onde colocou as dez barras de ouro restantes.

A primeira pessoa que o viu, no caminho de volta para a cidade, foi uma moça sentada à beira de um dos muitos rios temporários da região, formados por geleiras que se derretiam. Ela levantou os olhos do livro que estava lendo, percebeu sua presença e retornou à leitura; com toda certeza, sua mãe lhe havia ensinado a nunca dirigir a palavra a um estranho.

Os estranhos, porém, quando chegam a uma cidade nova, têm o direito de tentar fazer amizade com desconhecidos, e ele aproximou-se.

– Olá – disse. – Está muito quente para esta época do ano.

Ela concordou com a cabeça.

O estrangeiro insistiu:

– Gostaria que você viesse olhar algo.

Ela deixou educadamente o livro de lado, estendeu a mão e apresentou-se:

– Meu nome é Chantal. Na parte da noite trabalho no bar do hotel onde você está hospedado, e estranhei que não tivesse descido para jantar, já que um hotel ganha não só no aluguel de um quarto, mas em tudo que é consumido pelos hóspedes. Você é Carlos, da Argentina, que mora numa rua chamada Colômbia; todos na cidade já sabem disso, porque um homem que chega aqui, fora da temporada de caça, é sempre objeto de curiosidade. Um homem de aproximadamente 50 anos, cabelos grisalhos, olhar de quem já viveu muito.

"Quanto ao convite para olhar algo, eu agradeço, mas conheço a paisagem de Viscos de todos os ângulos possíveis e imagináveis; talvez seja melhor eu mesma mostrar-lhe lugares que nunca viu, mas penso que deve estar muito ocupado."

– Tenho 52 anos, não me chamo Carlos, todos os dados do registro são falsos.

Chantal ficou sem saber o que dizer. O estrangeiro continuou:

– Não é Viscos que quero lhe mostrar. É algo que você nunca viu.

Ela já lera muitas histórias de moças que decidem seguir um estranho para o meio da floresta e desaparecem sem deixar rastros. Por um momento, sentiu medo; e o medo logo foi substituído pela sensação de aventura – afinal de contas, aquele homem não ousaria fazer nada com ela, pois acabava de dizer que todos na cidade já sabiam tudo de sua presença, mesmo que os dados no registro não correspondessem à realidade.

– Quem é você? – perguntou. – Se o que está me dizendo agora é verdade, não sabe que posso denunciá-lo à polícia por falsificar sua identidade?

– Prometo responder a todas as suas perguntas, mas antes você tem que vir comigo, pois desejo lhe mostrar algo. Está a cinco minutos de caminhada daqui.

Chantal fechou o livro, respirou fundo e fez uma prece silenciosa, enquanto seu coração misturava excitação e medo. Em seguida, levantou-se e acompanhou o estrangeiro, certa de que este era mais um momento de frustração em sua vida, que sempre começava com um encontro cheio de promessas para logo revelar-se como mais um sonho de amor impossível.

O homem foi até a pedra em forma de Y, mostrou a terra recém-escavada e pediu que ela descobrisse o que estava enterrado ali.

– Vou sujar minhas mãos – disse Chantal. – Vou sujar minha roupa.

O homem pegou um galho, quebrou-o, e entregou-lhe para que ela escavasse a terra. Ela estranhou aquele comportamento, mas resolveu fazer o que ele lhe pedia.

Cinco minutos depois, Chantal tinha diante de seus olhos a barra amarelada e suja.

– Parece ouro – disse.

– É ouro. E é meu. Por favor, torne a cobri-lo com terra.

Ela obedeceu. O homem levou-a até o outro esconderijo. De novo ela tornou a escavar, e dessa vez ficou surpresa com a quantidade de ouro diante dos seus olhos.

– Também é ouro. E também é meu – disse o estrangeiro.

Chantal preparava-se para cobrir de novo o ouro com terra quando ele pediu para que deixasse o buraco como estava. Sentou-se numa das pedras, acendeu um cigarro e ficou olhando o horizonte.

– Por que quis me mostrar isso?

Ele não disse nada.

– Quem é o senhor, afinal? E o que faz aqui? Por que me mostrou isso, sabendo que eu posso contar a todos o que está escondido nesta montanha?

– Muitas perguntas ao mesmo tempo – respondeu o estrangeiro, mantendo os olhos fixos na montanha, como se ignorasse sua presença ali. – Quanto a contar aos outros, é justamente isso que quero que faça.

– O senhor prometeu que, se eu viesse, me responderia qualquer coisa.

– Em primeiro lugar, não acredite em promessas. O mundo está cheio delas: riqueza, salvação eterna, amor infinito. Algumas pessoas se julgam capazes de prometer tudo, outras aceitam qualquer coisa que lhes garanta dias melhores como, aliás, deve ser o seu caso. Os que prometem e não cumprem terminam impotentes e frustrados; o mesmo se passa com os que se agarram às promessas feitas.

Estava complicando as coisas; falava de sua própria vida, da noite que mudara seu destino, das mentiras em que fora obrigado a acreditar porque era impossível aceitar a realidade. Devia usar a linguagem da moça, algo que ela pudesse compreender.

Chantal, porém, estava entendendo quase tudo. Como todo homem mais velho, ele pensava apenas em sexo com alguém mais jovem. Como todo ser humano, achava que o dinheiro podia comprar qualquer coisa. Como todo estrangeiro, tinha certeza de que as moças de uma cidade do interior são ingênuas o suficiente para aceitar qualquer proposta, real ou imaginária – desde que isso signifique pelo menos uma remota possibilidade de partir dali.

Ele não era o primeiro e – infelizmente – não seria o último a tentar seduzi-la de uma maneira tão grosseira. O que a deixava confusa era a quantidade de ouro que estava oferecendo; nunca pensara que valesse tanto, e aquilo lhe agradava, ao mesmo tempo que causava pânico.

– Estou velha demais para acreditar em promessas – respondeu, tentando ganhar tempo.

– Embora tenha sempre acreditado, e continue acreditando.

– Você está enganado; sei que vivo no Paraíso, já li a Bíblia e não vou cometer o mesmo erro de Eva, que não se contentava com o que tinha.

Claro que não era verdade, e agora ela já começava a preocupar-se com a possibilidade de que o estrangeiro perdesse o interesse e fosse embora. Na verdade, ela mesma armara a teia, forçando o encontro na floresta; colocara-se estrategicamente num local onde ele passaria quando voltasse, de modo que tivesse alguém com quem conversar, talvez mais uma promessa a ouvir, alguns dias de sonho com um possível novo amor e uma viagem sem volta para além do vale onde nascera. Seu coração já fora ferido muitas vezes, e ainda assim acreditava que encontraria o homem de sua vida. No começo, deixara escapar muitas oportunidades, achando que a pessoa certa ainda não tinha chegado, mas agora sentia que o tempo corria mais rápido do que pensava, e estava pronta para deixar Viscos com o primeiro homem que se dispusesse a levá-la, mesmo que não sentisse nada por ele. Com toda certeza, aprenderia a amá-lo – também o amor era uma questão de tempo.

– É exatamente isso que quero saber: se vivemos no Paraíso ou no Inferno – o homem interrompeu seus pensamentos.

Bem, ele estava caindo na armadilha.

– No Paraíso. Mas quem vive muito tempo num lugar perfeito termina se aborrecendo.

Lançara a primeira isca. Dissera, com outras palavras: "Sou livre, estou disponível." A próxima pergunta dele deveria ser: "Como você?"

– Como você? – quis saber o estrangeiro.

Precisava ser cuidadosa, não podia ir com muita sede à fonte, ou ele poderia assustar-se.

– Não sei. Às vezes sinto que sim, outras vezes acho que meu destino está aqui, e não saberia viver longe de Viscos.

Próximo passo: fingir indiferença.

– Bem, já que não quis me contar nada a respeito do ouro que me mostrou, agradeço o passeio e volto para o meu rio e o meu livro. Obrigado.

– Um momento!

O homem mordera a isca.

– Claro que vou explicar a razão do ouro; caso contrário, por que a teria trazido até aqui?

Sexo, dinheiro, poder, promessas. Mas Chantal fez um ar de quem está aguardando uma surpreendente revelação; os homens têm um estranho prazer em sentirem-se superiores, desconhecendo que na maior parte das vezes comportam-se de maneira absolutamente previsível.

– O senhor deve ser um homem com muita experiência de vida, alguém que pode me ensinar muito.

Isso. Soltar ligeiramente a corda, elogiar um pouco para não assustar a presa, era uma regra importante.

– Entretanto, tem o péssimo hábito de, em vez de responder a uma simples pergunta, fazer longos sermões a respeito de promessas, ou de como devemos agir na vida. Terei o maior prazer em ficar, desde que me responda às perguntas que fiz logo no início: quem é o senhor? E o que faz aqui?

O estrangeiro desviou os olhos das montanhas e encarou a moça à sua frente. Trabalhara durante muitos anos com todo tipo de ser humano, e sabia – com quase toda certeza – o que ela devia estar pensando. Na certa, acreditava que lhe mostrara o ouro para impressioná-la com sua riqueza, da mesma maneira que agora ela tentava impressioná-lo com sua juventude e indiferença.

– Quem sou eu? Bem, digamos que sou um homem que já faz algum tempo busca determinada verdade; terminei descobrindo na teoria, mas jamais a coloquei em prática.

– Que tipo de verdade?

– Sobre a natureza do ser humano. Descobri que, se tivermos oportunidade de cair em tentação, terminaremos por cair. Dependendo das condições, todos os seres humanos na Terra estão dispostos a fazer o Mal.

– Eu acho...

– Não se trata do que você acha, ou do que eu acho, ou em que queremos acreditar, mas de descobrir se minha teoria está certa. Você quer saber quem eu sou? Sou um industrial muito rico, muito famoso, que comandou milhares de empregados, que foi selvagem quando precisava ser e bom quando achava que era necessário.

"Alguém que viveu coisas que as pessoas nem sonham que existem e que buscou além dos limites tanto o prazer como o conhecimento. Um homem que conheceu o Paraíso quando se julgava preso ao Inferno da rotina e da família, e que conheceu o Inferno assim que pôde gozar do Paraíso e da liberdade total. Eis o que sou, um homem que foi bom e mau a vida inteira, talvez a pessoa mais preparada para responder à minha pergunta sobre a essência do ser humano – e por isso estou aqui. Sei o que vai querer saber agora."

Chantal sentiu que perdia terreno; precisava recuperá-lo rápido.

– Você acha que vou perguntar: por que me mostrou o ouro? Mas, na verdade, o que eu quero mesmo saber é por que um industrial rico e famoso vem para Viscos em busca de uma resposta que pode encontrar em livros, universidades, ou simplesmente contratando algum filósofo ilustre.

O estrangeiro ficou contente com a sagacidade da moça. Que bom, tinha escolhido a pessoa certa – como sempre.

– Vim para Viscos porque concebi um plano. Faz muito tempo, assisti a uma peça de teatro de um autor chamado Dürrenmatt, que você deve conhecer...

O comentário era apenas uma provocação; claro que aquela moça jamais tinha ouvido falar de Dürrenmatt, e agora faria de novo um ar indiferente, como se soubesse de quem se tratava.

– Continue – disse Chantal, fingindo indiferença.

– Fico contente que o conheça, mas permita-me lembrá-la de qual de suas peças de teatro estou falando. – Ele mediu bem suas palavras, fazendo com que o comentário soasse sem um cinismo exagerado, mas com a firmeza de quem sabia que ela estava mentindo. – Uma mulher volta a uma cidade, depois de ficar rica, apenas para humilhar e destruir o homem que a havia rejeitado quando era ainda jovem. Toda sua vida, seu casamento, seu sucesso financeiro tinham sido motivados apenas pelo desejo de vingar-se do seu primeiro amor.

"Então concebi meu próprio jogo: ir até um lugar separado do mundo, onde todos olham a vida com alegria, paz, compaixão, e ver se consigo que infrinjam alguns dos mandamentos essenciais."

Chantal desviou os olhos e fixou-os nas montanhas. Sabia que o estrangeiro se dera conta de que ela não conhecia o tal escritor, e agora tinha medo que lhe perguntasse quais eram os mandamentos essenciais; jamais fora muito religiosa, não tinha a menor ideia.

– Nesta cidade, todos são honestos, a começar por você – continuou o estrangeiro. – Eu lhe mostrei uma barra de ouro, que lhe daria a independência necessária para sair daqui, correr o mundo, fazer o que sempre sonham as moças em cidades pequenas e isoladas. Ela vai ficar ali; você sabe que ela é minha, mas poderá roubá-la se assim desejar. E estará infringindo um mandamento essencial: "Não furtarás."

A moça encarou o estrangeiro.

– Quanto a estas dez outras barras, elas são suficientes para fazer com que todos os habitantes do vilarejo jamais precisem trabalhar o resto de suas vidas – continuou ele. – Não pedi que as cobrisse de terra porque vou mudá-las para um lugar que só eu saberei onde está. Quero que, quando voltar à cidade, diga que as viu, e que estou disposto a entregá-las aos habitantes de Viscos, se eles fizerem aquilo que jamais sonharam fazer.

– O quê, por exemplo?

– Não se trata de um exemplo, mas de algo concreto: quero que infrinjam o mandamento "Não matarás".

– O quê?

A pergunta tinha saído quase como um grito.

– Isso mesmo que você acabou de ouvir. Quero que cometam um crime.

O estrangeiro notou que o corpo da moça ficara rígido, e que ela podia partir a qualquer momento, sem ouvir o resto da história. Precisava dizer rapidamente tudo que planejara.

– Meu prazo é de uma semana. Se no final de sete dias alguém na aldeia aparecer morto – pode ser um velho que já não produz mais, um doente incurável, ou um deficiente mental que só dá trabalho, tanto faz a vítima –, este dinheiro será de seus habitantes, e eu concluirei que nós todos somos maus. Se você roubar aquela barra de ouro mas a cidade resistir à tentação, ou vice-versa, concluirei que há bons e maus, o que me coloca um sério problema, porque isso significa uma luta no plano espiritual, que pode ser ganha por qualquer um dos lados. Você acredita em Deus, planos espirituais, lutas entre anjos e demônios?

A moça não disse nada, e dessa vez ele percebeu que fizera a pergunta na hora errada, arriscando-se a que ela simplesmente lhe virasse as costas e não lhe deixasse terminar. Era melhor parar com as ironias e ir direto ao assunto:

– Se, finalmente, eu deixar a cidade com as minhas onze barras de ouro, tudo em que quis acreditar provou ser uma mentira. Vou morrer com a resposta que não gostaria de receber, porque a vida será mais aceitável se eu estiver certo, e o mundo for mau.

"Embora meu sofrimento continue o mesmo, se todos sofrem, a dor é mais tolerável. Entretanto, se apenas alguns são condenados a enfrentar grandes tragédias, então há algo muito errado na Criação."

Os olhos de Chantal estavam cheios de lágrimas. Mesmo assim, ela ainda encontrou forças para controlar-se:

– Por que faz isso? Por que com a minha aldeia?

– Não se trata de você ou da sua aldeia. Estou pensando apenas em mim: a história de um homem é a história de todos os homens. Quero saber se somos bons ou maus. Se somos bons, Deus é justo; e me perdoará por tudo que fiz, pelo mal que desejei aos que me tentaram destruir, pelas decisões erradas que tomei nas horas mais importantes, por esta proposta que lhe faço agora, pois foi Ele quem me empurrou para o lado escuro.

"Se somos maus – então tudo é permitido, nunca tomei nenhuma decisão errada, estamos já condenados, e pouco importa o que fazemos nesta vida, pois a redenção está além dos pensamentos ou atos do ser humano."

Antes que Chantal pudesse partir, ele acrescentou:

– Você pode decidir não cooperar. Nesse caso, eu mesmo direi a todos que lhe dei a oportunidade de ajudá-los mas você se recusou, e então farei eu mesmo a proposta. Se eles decidirem matar alguém, é bem provável que a vítima seja você.

Os habitantes de Viscos logo se familiarizaram com a rotina do estrangeiro: acordava cedo, tomava um café da manhã reforçado e partia para caminhar nas montanhas, apesar da chuva que não parava de cair depois do seu segundo dia na cidade, e que logo se transformou em nevasca, com raros períodos de estiagem. Jamais almoçava; costumava voltar para o hotel no início da tarde, trancava-se no quarto e, todos supunham, dormia.

Assim que anoitecia, tornava a caminhar, dessa vez pelas redondezas da cidade. Era sempre o primeiro a chegar ao restaurante, sabia pedir os pratos mais requintados, não se deixava enganar pelo preço, sempre escolhia o melhor vinho – que não era necessariamente o mais caro –, fumava um cigarro, e logo ia para o bar, onde começou a fazer amizade com os homens e mulheres que o frequentavam.

Gostava de ouvir histórias da região, das gerações que haviam habitado Viscos (alguém dizia que no passado fora uma cidade muito maior do que era hoje, o que se podia comprovar por algumas ruínas de casas nas extremidades das três ruas existentes), dos costumes e superstições que faziam parte da vida de gente do campo, das novas técnicas de agricultura e pastoreio.

Quando chegava a vez de falar de si mesmo, contava algumas histórias contraditórias – às vezes dizia que tinha sido marinheiro, outras vezes se referia a grandes indústrias de armamentos que teria dirigido, ou a uma época em que deixara tudo para passar uma temporada num mosteiro, em busca de Deus.

As pessoas, quando saíam do bar, discutiam se ele falava a verdade ou estava mentindo. O prefeito achava que um homem pode ser muitas coisas na vida, embora os habitantes de Viscos sempre soubessem seu destino desde crianças; o padre tinha uma opinião diversa, e considerava o recém-chegado como alguém perdido, confuso, que estava ali tentando encontrar a si mesmo.

A única coisa de que todos tinham certeza é de que iria permanecer na cidade apenas por sete dias; a dona do hotel havia contado que o vira telefonando para o aeroporto da capital, confirmando seu embarque – curiosamente, para a África, e não para a América do Sul. Logo após o telefonema, retirara um maço de notas do bolso para pagar todo o aluguel do quarto e as refeições já feitas e por fazer, embora ela afirmasse que confiava nele. Como o estrangeiro insistiu, a mulher sugeriu que utilizasse o cartão de crédito, como geralmente os hóspedes faziam; desta maneira, teria dinheiro para qualquer emergência que aparecesse durante o resto de sua viagem. Quis acrescentar "talvez na África não aceitem cartões de crédito", mas seria indelicado demonstrar que escutara sua conversa, ou achar que alguns continentes são mais avançados que outros.

O estrangeiro agradeceu sua preocupação, mas recusou educadamente.

Durante as três noites seguintes, pagou – também em dinheiro – uma rodada de bebida para todos. Aquilo jamais tinha acontecido em Viscos, de modo que logo se esqueceram das histórias contraditórias e passaram a ver naquele homem uma pessoa generosa e amiga, sem preconceitos, disposta a tratar os camponeses como se fossem gente igual aos homens e mulheres das cidades grandes.

Agora as discussões haviam mudado de tema: quando o bar fechava, alguns retardatários davam razão ao prefeito, dizendo que o recém-chegado era um homem experiente, capaz de entender o valor de uma boa amizade; outros garantiam que o padre estava certo, já que conhecia melhor a alma humana, e ali estava um homem solitário, em busca de novos amigos ou de uma nova visão da vida. Seja como for, era uma pessoa agradável, e os habitantes de Viscos estavam convencidos de que sentiriam sua falta, quando partisse – na próxima segunda-feira.

Além do mais, era também uma pessoa discretíssima, e todos notaram isso por causa de um detalhe importante: os viajantes, principalmente quando chegavam sozinhos, sempre procuravam puxar muita conversa com Chantal Prym, a moça que servia no bar – talvez na esperança de um romance efêmero, ou sabe-se lá de quê. Esse homem, porém, só se dirigia a ela para pedir bebidas, e jamais trocara olhares sedutores ou libidinosos com a jovem.

Nas três noites que seguiram o encontro no rio, Chantal praticamente não conseguiu dormir. A tempestade – que ia e vinha – sacudia as venezianas de metal, fazendo um barulho assustador. Acordava várias vezes banhada em suor, embora sempre mantivesse desligada a calefação durante a noite, por causa do preço da eletricidade.

Na primeira noite, ela encontrou-se com a presença do Bem. Entre um pesadelo e outro – de que não conseguia se lembrar – rezava e pedia a Deus que a ajudasse. Em nenhum momento passou por sua cabeça contar o que tinha ouvido, ser a mensageira do pecado e da morte.

Em dado momento, achou que Deus estava muito distante para escutá-la, e começou a rezar para sua avó, morta há algum tempo e que a criara depois que sua mãe morrera de parto. Agarrava-se com todas as suas forças à ideia de que o Mal já tinha passado por ali uma vez e fora embora para sempre.

Mesmo com todos os seus problemas pessoais, Chantal sabia que morava em uma cidade de homens e mulheres honestos, cumpridores de seus deveres, pessoas que caminhavam de cabeça erguida e eram respeitadas em toda a região. Mas nem sempre fora assim: durante mais de dois séculos Viscos fora habitada pelo que havia de pior no gênero humano, e todos aceitavam aquilo com naturalidade, dizendo que era resultado da maldição lançada pelos celtas, quando foram derrotados pelos romanos.

Até que o silêncio e a coragem de um só homem – alguém que não acreditava em maldições, apenas em bênçãos – redimira seu povo. Chantal escutava o barulho das venezianas de metal batendo, e lembrava-se da voz de sua avó contando o que acontecera.

"Muitos anos atrás, um ermitão – que mais tarde seria conhecido como São Savin – morava numa das cavernas desta região. Naquela época, Viscos era apenas um posto na fronteira, povoada por bandidos foragidos da Justiça, contrabandistas, prostitutas, aventureiros que vinham em busca de cúmplices, assassinos que ali descansavam entre um crime e outro. O pior deles, um árabe chamado Ahab, controlava a cidade e os seus arredores, cobrando impostos extorsivos dos agricultores que ainda insistiam em viver de maneira digna.

"Um dia, Savin desceu da caverna, chegou à casa de Ahab e pediu para pernoitar. Ahab riu: 'Você não sabe que sou um assassino, que já degolei várias pessoas em minha terra e que sua vida não vale nada para mim?'

"'Sei', respondeu Savin. 'Mas estou cansado de viver naquela caverna. Gostaria de passar pelo menos uma noite aqui.'

"Ahab conhecia a fama do santo, que era tão grande quanto a sua, e isso o incomodava – porque não gostava de ver sua glória dividida com alguém tão frágil. De modo que resolveu matá-lo naquela mesma noite, para mostrar a todos quem era o único e verdadeiro dono do lugar.

"Conversaram um pouco. Ahab ficou impressionado com as palavras do santo, mas era um homem desconfiado, e já não acreditava mais no Bem. Indicou um lugar para que Savin pudesse deitar-se, e ficou amolando sua faca, ameaçadoramente. Savin, depois de observá-lo por alguns momentos, fechou os olhos e dormiu.

"Ahab amolou a faca a noite inteira. De manhã, quando Savin acordou, encontrou-o aos prantos ao seu lado.

"'Você não teve medo de mim, nem me julgou. Pela primeira vez, alguém passou a noite ao meu lado confiando que eu poderia ser um homem bom, capaz de dar hospedagem aos que necessitam. Porque você acreditou que eu podia agir direito, eu assim agi.'

"A partir daquele momento, Ahab abandonou sua vida criminosa, e começou a transformar a região. Foi então que Viscos deixou de ser um posto fronteiriço, cheio de marginais, para tornar-se uma cidade importante no comércio entre dois países.

"Sim, é isso."

Chantal caiu em prantos, agradecendo à sua avó por tê-la feito recordar a história. Seu povo era bom, e podia confiar nele. Enquanto tentava dormir de novo, chegou a namorar a ideia de contar a história que ouvira do estrangeiro, só para ver a sua cara de espanto ao ser expulso da cidade pelos habitantes de Viscos.

No dia seguinte, ficou surpresa ao vê-lo sair do restaurante na parte dos fundos do hotel, dirigir-se até o bar/recepção/loja de produtos naturais e começar a puxar conversa com as pessoas que se encontravam ali – igual a qualquer turista, fingindo-se interessado por temas absolutamente inúteis, como a maneira de tosquiar ovelhas ou o sistema empregado na defumação de carne. Os habitantes de Viscos sempre achavam que todo estrangeiro ficava fascinado com a vida saudável e natural que levavam, de modo que repetiam, de maneira cada vez mais extensa, as mesmas histórias sobre como é bom viver distante da civilização moderna – embora cada um deles, no fundo do coração, gostasse de estar longe dali, entre carros que poluem a atmosfera e bairros onde não se pode caminhar com segurança, simplesmente porque as cidades grandes exerciam um fascínio absoluto sobre os homens do campo.

Mas sempre que um visitante aparecia, demonstravam por palavras – apenas por palavras – a alegria de viver em um paraíso perdido, tentando convencer a si mesmos do milagre que era terem nascido ali e esquecendo que, até o presente momento, nenhum dos hóspedes do hotel resolvera deixar tudo para trás e instalar-se em Viscos.

A noite foi bastante animada, exceto quando o estrangeiro fez um comentário que não devia ter feito:

– As crianças aqui são muito educadas. Ao contrário de outros lugares onde estive, nunca as ouvi gritar pela manhã.

Após um segundo de silêncio constrangedor – já que em Viscos não havia crianças – alguém se lembrou de perguntar o que tinha achado do prato típico que acabara de comer, e a conversa prosseguiu em seu ritmo normal, girando sempre em torno das maravilhas do campo e dos defeitos da cidade grande.

À medida que o tempo passava, Chantal ia ficando mais nervosa, temendo que ele pedisse para contar do encontro no bosque. Mas o estrangeiro nem sequer a olhava, e dirigiu-lhe a palavra apenas uma vez, quando solicitou – e pagou em dinheiro – uma rodada de bebidas para todos os presentes.

Assim que os clientes saíram e o estrangeiro subiu para o seu quarto, ela tirou o avental, acendeu um cigarro de um maço que alguém havia esquecido sobre a mesa e disse para a dona do hotel que faria a faxina na manhã seguinte, pois estava exausta depois de uma noite maldormida. A dona concordou, Chantal pegou seu casaco e saiu para o ar frio da noite.

Eram apenas dois minutos de caminhada até o seu quarto, e enquanto deixava a chuva cair no rosto, pensava que talvez tudo não passasse de uma ideia louca, uma maneira macabra que aquele estrangeiro encontrara para chamar sua atenção.

Então se lembrou do ouro: ela o vira com os próprios olhos.

Talvez não fosse ouro. Mas estava cansada demais para pensar, e, assim que chegou em seu quarto, tirou a roupa e enfiou-se debaixo das cobertas.

Na segunda noite, Chantal encontrou-se com a presença do Bem e do Mal. Caiu num sono profundo, sem sonhos de espécie alguma, mas acordou menos de uma hora depois. Lá fora tudo estava em silêncio: nem vento batendo nas venezianas de metal, nem os ruídos dos animais noturnos – nada, absolutamente nada que indicasse que ainda continuava no mundo dos vivos.

Foi até a janela e olhou a rua deserta, a chuva fina que caía, a neblina iluminada apenas pela luz fraca do letreiro do hotel, o que dava à cidade um aspecto mais sinistro ainda. Ela conhecia bem esse silêncio de cidade do interior, que não significa em absoluto a paz e a tranquilidade, mas a total ausência de coisas novas para serem ditas.

Olhou em direção às montanhas; não podia vê-las, porque as nuvens estavam muito baixas, mas sabia que em algum lugar havia uma barra de ouro escondida. Ou melhor: havia uma coisa amarela, em forma de um tijolo, que um estrangeiro deixara lá. Ele havia mostrado sua localização exata, quase pedindo para que ela desenterrasse o metal e ficasse com ele.

Tornou a deitar-se, virou de um lado para outro, levantou-se de novo e foi ao banheiro, examinou o seu corpo nu no espelho, temeu que em breve ele deixasse de ser atraente, voltou para a cama. Arrependeu-se de não ter trazido consigo o maço de cigarros esquecido sobre a mesa – mas sabia que seu dono voltaria para buscá-lo e não desejava que desconfiassem dela. Viscos era assim: um maço pela metade tinha um dono, um botão que caíra de um casaco precisava ser guardado até que alguém voltasse perguntando por ele, cada centavo de troco devia ser entregue, jamais era permitido arredondar a conta. Maldito lugar, onde tudo era previsível, organizado, confiável.

Como viu que não conseguia dormir, tentou de novo rezar e pensar em sua avó, mas o seu pensamento havia parado em uma cena: o buraco aberto, o metal sujo de terra, o pedaço de galho em sua mão, como se fosse o bastão de uma peregrina prestes a partir. Cochilou e acordou várias vezes, mas o silêncio continuava lá fora, e a mesma cena repetia-se sem cessar dentro de sua cabeça.

Assim que notou a primeira claridade da manhã entrando pela janela, vestiu-se e saiu.

Embora vivesse num lugar onde as pessoas se levantam junto com a luz do dia, era ainda cedo demais. Caminhou pela rua vazia, olhando várias vezes para trás, a fim de certificar-se de que o estrangeiro não a estava seguindo, mas a neblina não a deixava ver além de poucos metros. Parava de vez em quando, tentando escutar passos, e tudo que ouvia era o seu coração batendo descompassadamente.

Embrenhou-se na mata, foi até a formação rochosa em forma de Y – algo que sempre a deixara nervosa, pois parecia que as pedras iam cair a qualquer momento –, pegou o mesmo pedaço de madeira que deixara ali no dia anterior, cavou exatamente no mesmo lugar que o estrangeiro lhe indicara, colocou a mão dentro do buraco e retirou a barra em forma de tijolo. Algo chamou sua atenção: o silêncio continuava em plena floresta, como se uma presença estranha estivesse ali, assustando os animais e fazendo com que as folhas não se movessem.

Ficou surpresa com o peso do metal em suas mãos. Limpou-o, notou algumas marcas impressas, reparou em dois selos e uma série de algarismos gravados, tentou decifrá-los e não conseguiu.

Quanto dinheiro significava aquilo? Não sabia com exatidão, mas – como o estrangeiro dissera – devia ser o bastante para não ter que se preocupar mais em ganhar qualquer centavo o resto da sua vida. Tinha nas mãos o seu sonho, algo que sempre desejara e que um milagre havia colocado diante dela. Ali estava a chance de libertar-se de todos os dias e noites iguais de Viscos, das eternas idas e vindas ao hotel onde trabalhava desde que completou a maioridade, das visitas anuais de todos os amigos e amigas que haviam partido porque as famílias os enviavam para estudar longe e ser alguém na vida, de todas as ausências às quais já se acostumara, dos homens que chegavam prometendo tudo e partindo no dia seguinte sem sequer dizer adeus, de todas as despedidas e não despedidas com as quais já estava acostumada. Aquele momento ali, na floresta, era o mais importante da sua existência.

A vida sempre lhe tinha sido muito injusta: pai desconhecido; mãe que morrera no parto deixando um fardo de culpa em suas costas; avó camponesa, vivendo de costurar roupas, juntando cada centavo para que a neta pudesse, pelo menos, aprender a ler e a escrever. Chantal tivera muitos sonhos: achou que podia superar os obstáculos, encontrar um marido, achar um emprego numa cidade grande, ser descoberta por algum caçador de talentos que vinha até aquele fim de mundo para descansar um pouco, fazer uma carreira no teatro, escrever um livro que seria um grande êxito, ouvir os gritos de fotógrafos implorando por uma pose, pisar nos tapetes vermelhos da vida.

Cada dia era um dia de espera. Cada noite era uma noite em que poderia aparecer alguém que lhe desse o verdadeiro valor. Cada homem em sua cama era a esperança de partir na manhã seguinte, e nunca mais olhar aquelas três ruas, as casas de pedra, os telhados de ardósia, a igreja com o cemitério ao lado, o hotel com seus produtos naturais que demoravam meses para serem feitos – para serem vendidos pelo mesmo preço de algo produzido em série.

Certa vez, passara por sua cabeça que os celtas, antigos habitantes do lugar, haviam escondido um formidável tesouro, e ela terminaria por encontrá-lo. Pois bem, de todos os seus sonhos, este era o mais absurdo, o mais improvável.

Agora ela estava ali, com a barra de ouro nas mãos, o tesouro no qual nunca acreditara, a libertação definitiva.

Foi tomada de pânico: o único momento de sorte em sua vida podia desaparecer naquela mesma tarde. E se o estrangeiro mudasse de ideia? Se resolvesse partir em busca de outra cidade, onde encontraria uma mulher mais disposta a ajudá-lo em seu plano? Por que não se levantar, voltar ao quarto, colocar seus poucos pertences na mala e simplesmente ir embora?

Imaginou-se descendo a ladeira íngreme, pedindo carona na estrada lá embaixo, enquanto o estrangeiro saía para seu passeio matinal e descobria que seu ouro havia sido roubado. Ela seguiria em direção à cidade mais próxima, ele voltaria até o hotel, para chamar a polícia.

Chantal agradeceria a carona e iria direto ao guichê da estação de ônibus, comprar uma passagem para qualquer lugar distante; nesse momento, dois policiais se aproximariam, pedindo gentilmente que abrisse a valise. Assim que vissem o conteúdo, a gentileza iria desaparecer por completo; ela era a mulher que estavam procurando, por causa de uma denúncia feita três horas atrás.

Na delegacia, Chantal teria duas escolhas: dizer a verdade, na qual ninguém acreditaria, ou simplesmente afirmar que vira o chão revolvido, resolvera escavar e encontrara o ouro. Certa vez, um caçador de tesouros – que também buscava algo escondido pelos celtas – passara a noite em sua cama. Dissera que as leis do país eram claras: tinha direito a tudo que achasse, embora fosse obrigado a registrar, junto a tal repartição, determinadas peças de valor histórico. Mas aquela barra de ouro não tinha valor histórico nenhum, era algo moderno, com marcas, selos e números impressos.

A polícia questionaria o homem. Ele não teria como provar que ela havia entrado em seu quarto e roubado o que lhe pertencia. Ia ser sua palavra contra a dela, mas talvez ele fosse mais poderoso, tivesse algumas ligações com gente importante, e terminaria levando a melhor. Chantal, porém, pediria que a polícia fizesse um exame na barra, e descobririam que ela estava falando a verdade: havia traços de terra no metal.

Enquanto isso, a história já teria chegado a Viscos, e seus habitantes – por ciúme ou inveja – começariam a levantar suspeitas a respeito da moça, dizendo que mais de uma vez correram histórias de que ela dormia com alguns hóspedes; talvez um roubo tivesse acontecido enquanto ele dormia.

O caso terminaria de maneira patética: a barra de ouro seria confiscada até que a Justiça resolvesse o caso, ela pegaria uma nova carona e voltaria para Viscos, humilhada, destruída, sujeita a comentários que durariam mais de uma geração para que fossem esquecidos. Mais tarde, ia descobrir que os processos legais nunca levavam a nada, os advogados custavam um dinheiro que ela não possuía, e terminaria desistindo do processo.

Saldo da história: nem ouro, nem reputação.

Havia uma outra versão: o estrangeiro estava falando a verdade. Se Chantal roubasse o ouro e partisse de uma vez, não estaria salvando a cidade de uma desgraça maior?

Entretanto, mesmo antes de sair de sua casa e dirigir-se até a montanha, já sabia que era incapaz de dar aquele passo. Por que justamente nesse momento, em que podia mudar sua vida por completo, estava com tanto medo? Afinal, não dormia com quem lhe dava vontade, e não era às vezes insinuante além da conta, para que os estrangeiros lhe dessem uma boa gorjeta? Não mentia de vez em quando? Não tinha inveja dos antigos amigos, que agora só apareciam na cidade nas festas de final de ano, para visitar as famílias?

Segurou o ouro com toda a sua força, levantou-se, sentiu-se fraca e desesperada, tornou a colocá-lo no buraco e cobri-lo de terra. Não era capaz, e isso não se devia ao fato de ser ou não ser honesta – mas ao pavor que sentia. Acabara de dar-se conta de que existem duas coisas que impedem uma pessoa de realizar os seus sonhos: achar que eles são impossíveis ou, através de uma súbita virada na roda do destino, vê-los transformar-se em algo possível quando menos se espera. Pois nesse momento surge o medo de um caminho que não se sabe onde vai dar, de uma vida com desafios desconhecidos, da possibilidade de que as coisas com que estamos acostumados desapareçam para sempre.

As pessoas querem mudar tudo, e ao mesmo tempo desejam que tudo continue igual. Chantal não entendia direito o porquê, mas era o que se passava com ela agora. Talvez já estivesse por demais presa a Viscos, acostumada com sua derrota, e qualquer chance de vitória era um fardo pesado demais para carregar.

Teve certeza de que o estrangeiro já estava farto de seu silêncio, e em breve – talvez naquela mesma tarde – decidiria, ele mesmo, escolher outra pessoa. Mas era covarde demais para mudar o seu destino.

As mãos que tocaram o ouro deviam agora segurar a vassoura, a esponja, o pano de limpeza. Chantal deu as costas para o tesouro e dirigiu-se para a cidade, onde a dona do hotel já a esperava com um ar ligeiramente irritado, pois prometera fazer a faxina do bar antes que o único hóspede do hotel despertasse.

O temor de Chantal não se confirmou: o estrangeiro não partiu. Ela o viu no bar aquela noite, mais sedutor do que nunca, contando histórias que podiam não ser totalmente verdadeiras, mas que, pelo menos em sua imaginação, ele as vivera intensamente. De novo os seus olhos só se cruzaram de maneira impessoal, quando ele veio pagar as bebidas que oferecia aos frequentadores.

Chantal estava exausta. Torceu para que todos fossem embora cedo, mas o estrangeiro estava particularmente inspirado, e não terminava de contar casos, que os outros escutavam com atenção, interesse e aquele odiado respeito – melhor dizendo, submissão – que os camponeses têm diante de todos que chegam das cidades grandes, pois julgam que são mais cultos, preparados, inteligentes, modernos.

"Estúpidos", pensava consigo mesma. "Não entendem como são importantes. Não sabem que cada vez que alguém coloca um garfo na boca, em qualquer lugar do mundo, só consegue fazê-lo graças à gente como os habitantes de Viscos, que trabalham da manhã à noite, e lavram a terra com o suor de seus corpos cansados, e cuidam do gado com uma paciência insuportável. São mais necessários ao mundo do que todos os que moram nas grandes cidades, e mesmo assim se comportam – e se sentem – como seres inferiores, complexados, inúteis."

O estrangeiro, porém, estava disposto a mostrar que sua cultura valia mais que o esforço de cada um daqueles homens e mulheres no bar. Apontou para uma moldura na parede:

– Sabem o que é isso? Um dos mais famosos quadros do mundo: a última ceia de Jesus com seus discípulos, pintado por Leonardo da Vinci.

– Não deve ser tão famoso assim – disse a dona do hotel. – Custou muito barato.

– É apenas uma reprodução; a verdadeira pintura encontra-se numa igreja muito longe daqui. Mas existe uma lenda a respeito desse quadro, não sei se vocês gostariam de saber.

Todos concordaram com a cabeça, e mais uma vez Chantal sentiu vergonha por estar ali, escutando um homem exibir seu conhecimento inútil, só para demonstrar que sabia mais que os outros.

– Ao conceber esse quadro, Leonardo da Vinci deparou-se com uma grande dificuldade: precisava pintar o Bem, na imagem de

Jesus, e o Mal, na figura de Judas, o amigo que resolve traí-lo durante o jantar. Interrompeu o trabalho no meio, até que conseguisse encontrar os modelos ideais.

"Certo dia, enquanto assistia a um coral, viu em um dos rapazes a imagem perfeita de Cristo. Convidou-o para o seu ateliê, e reproduziu seus traços em estudos e esboços.

"Passaram-se três anos. *A última ceia* estava quase pronta – mas Da Vinci ainda não havia encontrado o modelo ideal de Judas. O cardeal, responsável pela igreja, começou a pressioná-lo, exigindo que terminasse logo o mural.

"Depois de muitos dias procurando, o pintor encontrou um jovem prematuramente envelhecido, esfarrapado, bêbado, atirado na sarjeta. Com dificuldade, pediu a seus assistentes que o levassem até a igreja, pois já não tinha mais tempo de fazer esboços.

"O mendigo foi carregado até lá, sem entender direito o que estava acontecendo: os assistentes o mantinham de pé enquanto Da Vinci copiava as linhas da impiedade, do pecado, do egoísmo, tão bem delineadas naquela face.

"Quando terminou, o mendigo – já um pouco refeito de sua bebedeira – abriu os olhos e notou a pintura à sua frente. E disse, numa mistura de espanto e tristeza:

"– Eu já vi este quadro antes!

"– Quando? – perguntou um surpreso Da Vinci.

"– Há três anos, antes de eu perder tudo que tinha. Numa época em que eu cantava num coro, tinha uma vida cheia de sonhos e o artista me convidou para posar como modelo para a face de Jesus."

O estrangeiro fez uma longa pausa. Os seus olhos fitavam o padre, que bebia sua cerveja, mas Chantal sabia que as palavras que dizia eram dirigidas para ela.

– Ou seja, o Bem e o Mal têm a mesma face; tudo depende apenas da época em que cruzam o caminho de cada ser humano.

Ele levantou-se, pediu desculpas dizendo que estava cansado e foi para o seu quarto. Todos pagaram o que deviam e saíram devagar, olhando a reprodução barata do quadro famoso, perguntando a si mesmos em que período de suas vidas tinham sido tocados por um anjo ou por um demônio. Sem que ninguém comentasse nada um com o outro, todos chegaram à conclusão de que isso só tinha acontecido em Viscos antes que Ahab pacificasse a região; agora, cada dia era igual ao anterior, e nada mais.

Na sua exaustão, trabalhando quase como uma autômata, Chantal sabia que ela era a única pessoa a pensar diferente, porque sentira a mão sedutora e pesada do Mal acariciando seu rosto. “Bem e Mal têm a mesma face, tudo depende da época em que cruzam o caminho de cada ser humano.” Belas palavras, talvez verdadeiras, mas o que ela precisava mesmo era dormir, nada mais.

Terminou errando o troco de um dos fregueses, algo que raríssimamente acontecia; pediu desculpas, mas não culpou a si mesma. Aguentou impassível e digna até que o padre e o prefeito – geralmente os últimos a sair – deixassem o local. Fechou o caixa, pegou suas coisas, vestiu o casaco grosso e barato e foi para casa, como fazia há anos.

Na terceira noite, então, ela encontrou-se com a presença do Mal. E o Mal veio sob a forma de um extremo cansaço e de uma febre altíssima, que a deixava num estado semiconsciente, mas incapaz de dormir – enquanto lá fora um lobo uivava sem parar. Em alguns momentos, teve certeza de que estava delirando, porque parecia que o animal entrara em seu quarto e conversava com ela numa língua que ela não entendia. Num rápido instante de lucidez, tentou levantar-se e ir até a igreja, pedir ao padre que chamasse um médico, pois estava doente, muito doente; mas quando tentou transformar sua intenção em gesto, as pernas fraquejaram, e ela teve certeza de que não conseguiria andar.

Se andasse, não conseguiria chegar até a igreja.

Se chegasse até a igreja, teria que esperar o padre acordar, vestir-se e abrir a porta, enquanto o frio aumentaria rapidamente sua febre, até matá-la ali mesmo, sem piedade, diante de um lugar que alguns consideravam sagrado.

"Pelo menos não precisam me levar até o cemitério; já estarei praticamente dentro dele."

Chantal delirou a noite inteira, e viu que a febre baixava à medida que a luz da manhã ia entrando no seu quarto. Quando suas forças voltaram e ela tentou dormir, ouviu a buzina tão familiar e entendeu que o padeiro havia chegado a Viscos, já era hora de preparar seu café da manhã.

Não tinha ninguém que a obrigasse a descer para comprar pão; era independente, podia ficar na cama o tempo que quisesse, trabalhava apenas a partir do início da noite. Mas algo nela havia mudado; precisava estar em contato com o mundo, antes que enlouquecesse por completo. Queria encontrar as pessoas que nesse momento se aglomeravam em torno do pequeno furgão verde, trocando suas moedas por comida, contentes porque um novo dia começava e elas tinham o que fazer, e o que comer.

Foi até lá, cumprimentou a todos e ouviu alguns comentários como "Você parece cansada" ou "Está acontecendo alguma coisa?". Todos gentis, solidários, sempre prontos para ajudar, inocentes e simples na sua generosidade, enquanto sua alma debatia-se numa luta sem tréguas, por sonhos, aventuras, medo e poder. Bem que gostaria de dividir seu segredo, mas se contasse a uma só pessoa, todo o resto da cidade já o saberia antes que a manhã terminasse – era melhor agradecer a preocupação com sua saúde e seguir adiante, até que suas ideias clareassem um pouco.

– Não é nada. Um lobo uivou a noite inteira e não me deixou dormir.

– Não escutei lobo algum – disse a dona do hotel, que também estava ali comprando pão.

– Faz meses que nenhum lobo uiva nesta região – concordou a mulher que preparava os produtos a serem vendidos na lojinha do bar. – Os caçadores devem ter exterminado todos, o que é péssimo para nós, já que os raros lobos são os principais responsáveis pela vinda dos caçadores. Eles adoram esta competição inútil: quem consegue matar o animal mais difícil.

– Não diga na frente do padeiro que já não existem mais lobos na região – reagiu em voz baixa a patroa de Chantal – Quando descobrirem, talvez o movimento de Viscos cesse definitivamente.

– Mas eu ouvi um lobo.

– Deve ter sido o lobo maldito – comentou a mulher do prefeito, que não gostava muito de Chantal mas era educada o bastante para esconder seus sentimentos.

A dona do hotel irritou-se.

– O lobo maldito não existe. Era um lobo qualquer, e a esta hora já deve ter sido morto.

A mulher do prefeito, porém, não se deu por vencida.

– Existindo ou não, todos nós sabemos que lobo nenhum uivou esta noite. Você faz esta menina trabalhar além da hora, ela deve estar exausta, e começa a ter alucinações.

Chantal deixou as duas discutindo, pegou seu pão e afastou-se.

"Competição inútil", pensava, lembrando-se do comentário da mulher que preparava os produtos em conserva. Era assim que eles olhavam a vida: competição inútil. Quase revelou, ali mesmo, a proposta do estrangeiro, para ver se aquela gente acomodada e pobre de espírito começava uma competição verdadeiramente útil: dez barras de ouro em troca de um simples crime, que garantiria o futuro dos filhos e netos, o retorno da glória perdida de Viscos, com ou sem lobos.

Mas controlou-se. Naquele momento decidiu que contaria a história ainda aquela noite, mas na frente de todos, no bar, de modo que ninguém pudesse dizer que não ouviu ou que não entendeu. Talvez avançassem sobre o estrangeiro e o levassem direto à polícia, deixando-a livre para pegar sua barra de ouro como recompensa pelos serviços prestados à comunidade. Talvez simplesmente não acreditassem, e o estrangeiro partiria achando que todos são bons – o que não era verdade.

Todos são ignorantes, ingênuos, conformados. Todos não acreditam em coisas que não fazem parte daquilo em que estão acostumados a acreditar. Todos têm medo de Deus. Todos – inclusive ela – são covardes na hora em que podem mudar o destino. Mas, quanto à verdadeira bondade, essa não existe – nem na terra dos homens covardes, nem no céu do Deus Todo-Poderoso, que semeia sofrimento a torto e a direito, só para que passemos a nossa vida inteira pedindo para que nos livre do Mal.

A temperatura havia baixado, Chantal estava há três noites sem dormir, mas, enquanto preparava o café da manhã, sentia-se melhor que nunca. Ela não era a única covarde. Talvez fosse apenas a única que tivesse consciência da sua covardia, porque os outros chamavam a vida de "competição inútil", e confundiam seu medo com generosidade.

Lembrou-se de um dos habitantes de Viscos, que trabalhava numa farmácia em uma cidade vizinha e fora despedido depois de vinte anos. Não pedira qualquer indenização trabalhista porque – dizia – tinha sido amigo dos donos, não desejava feri-los, sabia que havia sido mandado embora por causa de dificuldades financeiras. Tudo mentira: o homem não entrara na Justiça porque era covarde, queria ser amado a qualquer custo, pensava que os patrões sempre o considerariam como uma pessoa generosa e companheira. Tempos depois, quando foi lá pedir um dinheiro emprestado, bateram com a porta na sua cara – mas aí já era tarde demais, tinha assinado uma carta pedindo demissão, não podia exigir mais nada.

Bem feito. Ficar desempenhando o papel de alma caridosa era apenas para os que tinham medo de tomar atitudes na vida.

Sempre é muito mais fácil acreditar na própria bondade do que enfrentar os outros e lutar por seus direitos. Sempre é mais fácil ouvir uma ofensa e não revidar do que ter coragem para meter-se num combate com alguém mais forte; sempre podemos dizer que não fomos atingidos pela pedra que nos atiraram, e só de noite – quando estamos sozinhos e nossa mulher, ou nosso marido, ou nosso amigo de escola está dormindo –, só de noite é que podemos chorar em silêncio a nossa covardia.

Chantal bebeu seu café e torceu para que o dia passasse rápido. Iria destruir aquela aldeia, acabar com Viscos naquela noite. A cidade terminaria de qualquer jeito, em menos de uma geração, porque era um lugar sem crianças – os jovens se reproduziam em outras cidades do país, no meio das festas, das belas roupas, das viagens, da "competição inútil".

O dia, porém, não passou rápido. Muito pelo contrário; o tempo cinzento, com aquelas nuvens baixas, fazia com que as horas se arrastassem. A neblina não deixava com que se vissem as montanhas, e a aldeia parecia isolada do mundo, perdida em si mesma, como se fosse a única parte habitada da Terra. Da janela, Chantal viu o estrangeiro sair do hotel e seguir para as montanhas, como fazia sempre. Temeu por seu ouro, mas logo aquietou seu coração – ele iria voltar, pagara uma semana de hotel, e os homens ricos nunca desperdiçam um centavo; só os pobres agem assim.

Tentou ler, mas não conseguiu concentrar-se. Resolveu passear por Viscos, e a única pessoa que viu foi Berta, a viúva, que passava os dias sentada na frente de sua casa, vigiando cada coisa que acontecia.

– A temperatura finalmente vai cair – disse Berta.

Chantal perguntou-se por que as pessoas sem assunto acham que o tempo é uma coisa importante. Acenou com a cabeça, concordando.

Continuou o seu caminho, porque já conversara tudo que tinha que conversar com Berta, nos muitos anos em que vivia naquela aldeia. Houve uma época em que a achava uma mulher interessante, corajosa, que foi capaz de conseguir estabilizar sua vida mesmo depois da morte de seu marido num dos frequentes acidentes de caça; vendera alguns dos poucos bens que tinha, aplicara o dinheiro – junto com o da indenização – em algum investimento seguro, e agora vivia de rendas.

Com o passar do tempo, porém, a viúva deixara de interessá-la, e passara a ser um retrato de tudo o que temia que acontecesse com ela mesma: terminar a vida sentada numa cadeira em frente de casa, cheia de casacos durante o inverno, olhando a única paisagem que sempre vira em sua vida, vigiando o que não precisava ser vigiado, porque não havia nada de sério, importante ou precioso ali.

Andou, sem medo de se perder, pela floresta cheia de neblina, pois sabia todas as trilhas, árvores e pedras de cor. Imaginou como ia ser excitante aquela noite, ensaiou várias maneiras de contar a proposta do estrangeiro – em algumas delas apenas falava literalmente o que havia escutado e visto, em outras contava uma história que podia ser ou não verdade, imitando o estilo do homem que já não a deixava dormir por três noites.

"Um homem muito perigoso, pior do que todos os caçadores que conheci."

Caminhando no bosque, Chantal começava a se dar conta de que descobrira outra pessoa tão perigosa quanto o estrangeiro: ela mesma. Quatro dias atrás, não percebia que já estava se acostumando com o que era, com o que podia esperar da vida, com o fato de que a vida em Viscos não era tão ruim assim – afinal de contas, a região era inundada de turistas no verão, que chamavam o lugar de "paraíso".

Agora os monstros saíam de suas tumbas, assombravam suas noites, faziam-na sentir-se infeliz, injustiçada, abandonada por

Deus e por seu destino. Pior que isso: obrigavam-na a ver a amargura que carregava consigo dia e noite, para a floresta e para o trabalho, para os raros encontros e para os muitos momentos de solidão.

"Condenado seja esse homem. E condenada seja eu, que o forcei a atravessar o meu caminho."

Enquanto voltava para a aldeia, arrependia-se de cada minuto da sua vida, e blasfemava contra sua mãe por ter morrido cedo, contra sua avó, por ter lhe ensinado que devia tentar ser boa e honesta, contra seus amigos que a abandonaram, contra seu destino que continuava com ela.

Berta ainda estava lá.

– Você está andando muito depressa – disse. – Sente-se ao meu lado e relaxe.

Chantal fez o que ela sugeria. Faria qualquer coisa que ajudasse o tempo a passar rápido.

– A aldeia parece que está mudando – disse Berta. – Há algo diferente no ar; ontem escutei o lobo maldito uivando.

A menina ficou aliviada. Maldito ou não, um lobo uivara naquela noite, e pelo menos uma pessoa – além dela – havia escutado.

– Esta cidade não muda nunca – respondeu. – Apenas as estações vêm e vão, e agora é a vez do inverno.

– Não. É a chegada do estrangeiro.

Chantal controlou-se. Será que ele havia conversado com mais alguém?

– O que tem a chegada do estrangeiro a ver com Viscos?

– Passo o dia olhando a natureza. Algumas pessoas acreditam que isso é uma perda de tempo, mas esta foi a única maneira que descobri para aceitar a perda de quem eu amava tanto. Vejo que as estações passam, as árvores perdem suas folhas e logo as recuperam. Entretanto, de vez em quando, um elemento inesperado da natureza cria mudanças definitivas. Me disseram que as montanhas à nossa volta são o resultado de um terremoto acontecido há milênios.

A moça concordou com a cabeça; aprendera a mesma coisa no colégio.

– Então, nada volta a ser a mesma coisa. Tenho medo de que isso possa acontecer agora.

Chantal teve ímpetos de contar a história do ouro, pois desconfiava que a velha sabia alguma coisa; mas continuou calada.

– Fico pensando em Ahab, o nosso grande reformador, nosso herói, o homem que foi abençoado por São Savin.

– Por que Ahab?

– Porque ele era capaz de entender que um pequeno detalhe, por mais bem-intencionado que seja, pode destruir tudo. Contam que depois de pacificar a cidade, afastar os marginais renitentes e modernizar a agricultura e o comércio de Viscos, certa noite reuniu seus amigos para jantar e cozinhou para eles um suculento pedaço de carne. De repente, percebeu que o sal havia terminado.

"Ahab, então, chamou o filho:

"– Vá até a aldeia e compre o sal. Mas pague um preço justo por ele: nem mais caro, nem mais barato.

"O filho ficou surpreso:

"– Compreendo que não deva pagar mais caro, papai. Mas, se puder barganhar um pouco, por que não economizar algum dinheiro?

"– Numa cidade grande, isso é aconselhável. Mas numa aldeia como a nossa, ela irá terminar perecendo.

"O filho saiu sem perguntar mais nada. Os convidados, entretanto, que tinham assistido à conversa, quiseram saber por que não se devia comprar o sal mais barato, e Ahab respondeu:

"– Quem vender o sal abaixo do preço deve estar agindo assim porque precisa desesperadamente de dinheiro. Quem se aproveitar dessa situação estará mostrando desrespeito pelo suor e pela luta de um homem que trabalhou para produzir algo.

"– Mas isso é muito pouco para que uma aldeia seja destruída.

"– Também, no início do mundo, a injustiça era pequena. Mas cada um que veio depois terminou acrescentando algo, sempre achando que não tinha muita importância, e vejam onde terminamos chegando hoje."

– Como o estrangeiro, por exemplo – disse Chantal, na esperança de ver se Berta confirmava que também havia conversado com ele. Mas ela permaneceu em silêncio. – Não sei por que Ahab desejava tanto salvar Viscos – insistiu. – Antes era um antro de marginais, agora é uma aldeia de covardes.

Com certeza a velha sabia alguma coisa. Restava descobrir se fora o estrangeiro mesmo quem lhe havia contado.

– De fato. Mas não sei se é exatamente covardia. Penso que todo mundo tem medo de mudanças. Querem que Viscos seja como sempre foi: um lugar onde se pode cultivar o solo e cuidar do gado, que recebe bem os caçadores e os turistas, mas onde cada pessoa sabe exatamente o que vai acontecer no dia de amanhã e as únicas coisas imprevisíveis são as tormentas da natureza. Talvez isso seja uma maneira de encontrar a paz, embora eu esteja de acordo com você em um ponto: todos acham que controlam tudo, mas não controlam nada.

– Não controlam nada – concordou Chantal.

– "Ninguém pode acrescentar um til ou um 'i' ao que já está escrito" – disse a velha, citando um texto do Evangelho católico. – Mas gostamos de viver com essa ilusão, porque isso nos dá segurança.

"Enfim, é uma escolha como outra qualquer, embora seja uma estupidez tentar controlar o mundo, acreditando em uma segurança completamente falsa, que termina deixando todos despreparados para a vida; quando menos se espera, um terremoto cria montanhas, um raio mata uma árvore que se preparava para renascer no verão, um acidente de caça acaba com a vida de um homem honesto."

Berta contou, pela centésima vez, como seu marido morrera. Era um dos mais respeitados guias da região, um homem que via na caça não um esporte selvagem, mas a maneira de respeitar a tradição do lugar. Graças a ele, Viscos criara uma reserva de animais, a prefeitura elaborara algumas leis protegendo certas espécies quase extintas, taxas eram cobradas por cada presa abatida, e o dinheiro era revertido em benefício da comunidade.

O marido de Berta procurava ver naquele esporte – selvagem para uns, tradicional para outros – uma maneira de ensinar aos caçadores algo sobre a arte de viver. Quando chegava alguém com muito dinheiro mas pouca experiência, ele o levava para um lugar descampado. Ali, em cima de uma pedra, colocava uma lata de cerveja.

Afastava-se cinquenta metros da lata e, com um só tiro, fazia com que voasse longe.

"Sou o melhor atirador da região", dizia. "Agora você vai aprender uma maneira de ser tão bom quanto eu."

Recolocava a lata no mesmo lugar, voltava para a mesma distância, retirava um lenço do bolso e pedia que lhe vendasse os olhos. Em seguida, apontava na direção do alvo, e tornava a disparar.

"Acertei?", perguntava, tirando a venda dos olhos.

"Claro que não", respondia o caçador recém-chegado, contente em saber que o orgulhoso guia tinha sido humilhado. "A bala passou muito longe. Não creio que possa me ensinar nenhuma lição."

"Acabei de lhe ensinar a lição mais importante da vida", respondia o marido de Berta. "Sempre que você quiser conseguir alguma coisa, mantenha os olhos abertos, concentre-se, e saiba exatamente o que deseja. Ninguém atinge seu alvo com os olhos fechados."

Certa vez, enquanto recolocava a lata no lugar depois do primeiro tiro, o outro caçador achou que era sua vez de testar a pontaria. Disparou antes que o marido de Berta voltasse para seu lado; errou, atingindo-o no pescoço. Não tivera tempo de aprender a excelente lição sobre concentração e objetividade.

– Preciso ir – disse Chantal. – Tenho que fazer algumas coisas antes de ir trabalhar.

Berta lhe desejou boa-tarde, e acompanhou-a com os olhos até vê-la sumir na viela ao lado da igreja. Anos sentada diante da porta, olhando as montanhas, as nuvens, e conversando mentalmente com seu marido falecido tinham lhe ensinado a "ver" as pessoas. Seu vocabulário era limitado, ela não conseguia encontrar outra palavra para descrever as muitas sensações que os outros lhe causavam, mas era isso que acontecia: "enxergava" os outros, conhecia seus sentimentos.

Tudo começou no enterro de seu grande e único amor; estava chorando quando uma criança ao seu lado – o filho de um dos habitantes de Viscos, que hoje já era um homem e morava a milhares de quilômetros dali – perguntou por que estava triste.

Berta não quis assustar o menino, falando de morte e despedidas; disse apenas que seu marido havia partido, e talvez demorasse muito para retornar a Viscos.

– Acho que ele enganou a senhora – respondeu o menino. – Acabo de vê-lo escondido atrás de um túmulo, sorrindo, com uma colher de sopa na mão.

A mãe do menino escutara o comentário e o repreendera severamente. "Crianças estão sempre vendo coisas", disse ela, pedindo desculpas. Berta, porém, parara imediatamente de chorar e olhara para a direção indicada; seu marido tinha mania de só tomar sopa com determinada colher, embora aquilo a irritasse profundamente – pois todas as colheres são iguais e comportam a mesma quantidade de sopa –, mas ele cismava de usar apenas uma. Berta jamais contara esta história a ninguém, pois tinha medo de que o considerassem louco.

O menino, porém, vira realmente seu marido; a colher era o sinal. Crianças "viam" coisas. Ela decidiu que iria aprender a "ver" também, porque queria conversar com ele, tê-lo de volta – mesmo que fosse como um fantasma.

Primeiro, trancou-se dentro de casa e raramente saía, esperando que ele aparecesse na sua frente. Um belo dia, teve um pressentimento: devia ir para a porta de casa e começar a prestar atenção nos outros, sentiu que o marido queria que sua vida fosse mais alegre, que participasse mais do que acontecia na cidade.

Colocou a cadeira na frente de casa e ficou olhando as montanhas; eram poucas as pessoas que andavam pelas ruas de Viscos, mas, no mesmo dia que fez isso, uma vizinha chegou da aldeia próxima dizendo que os feirantes estavam vendendo talheres muito baratos, de qualidade – e tirou de sua bolsa uma colher, para confirmar o que contava.

Berta deu-se conta de que jamais veria seu marido de novo, mas ele lhe pedira para ficar ali, olhando a cidade, e ela faria isso. Com o tempo, começou a notar uma presença do seu lado esquerdo, e teve certeza de que ele estava ali, fazendo-lhe companhia e protegendo-a de qualquer perigo, além de lhe ensinar a ver coisas que os outros não percebiam, como os desenhos das nuvens, que sempre traziam mensagens. Ficava um pouco triste quando tentava olhá-lo de frente, pois o vulto desaparecia; mas logo notou que podia conversar com ele usando sua intuição, e começaram a ter longas discussões sobre todo tipo de assunto.

Três anos depois já era capaz de "ver" o sentimento das pessoas, além de escutar do seu marido alguns conselhos práticos que terminaram por lhe ser muito úteis; fora assim que não se deixara enganar ao oferecerem uma indenização menor do que merecia, que tirara seu dinheiro do banco pouco antes que ele quebrasse, levando anos de trabalho de muita gente da região.

Certa manhã – e já não se lembrava há quanto tempo isso tinha acontecido – ele lhe dissera que Viscos podia ser destruída. Berta logo pensou em um terremoto, em novas montanhas nascendo no local, mas ele a tranquilizara, afirmando que esse tipo de coisa não aconteceria por ali nos próximos mil anos; era outro tipo de destruição que o deixava preocupado, embora nem ele mesmo soubesse do que estava falando. Mas pediu que ficasse atenta, pois aquela era sua aldeia, e o lugar que mais amava neste mundo, embora tivesse partido antes do que gostaria.

Berta começou a prestar mais atenção nas pessoas, no desenho das nuvens, nos caçadores que chegavam e partiam, e nada parecia indicar que alguém estivesse tentando destruir uma cidade que não tinha feito mal a ninguém. O marido, porém, insistia que continuasse vigiando, e ela fez o que ele pedia.

Três dias atrás, vira que o estrangeiro chegara com um demônio, e soube que sua espera havia terminado. Hoje, notara que a menina estava com um demônio e um anjo ao seu lado; imediatamente relacionou uma coisa com a outra, e entendeu que algo estranho estava acontecendo na sua aldeia.

Ela sorriu para si mesma, olhou para o lado esquerdo e jogou um discreto beijo. Não era uma velha inútil; tinha algo muito importante a fazer, salvar o lugar onde tinha nascido, embora não soubesse direito que providências precisava tomar.

Chantal deixou a velha imersa em seus pensamentos e voltou para casa. Berta tinha fama – sussurrada entre os habitantes de Viscos – de ser uma velha bruxa. Diziam que passara quase um ano trancada em casa, e durante esse tempo aprendera artes mágicas. Quando, certa vez, Chantal perguntou quem lhe havia ensinado, algumas pessoas diziam que o próprio demônio lhe aparecia durante a noite; outras afirmavam que ela invocava um sacerdote celta, usando palavras que seus pais lhe haviam ensinado. Mas ninguém se importava com isso; Berta era inofensiva, e tinha sempre boas histórias para contar.

Tinham razão, embora sempre fossem as mesmas histórias. E de repente Chantal parou, com a mão segurando a maçaneta da porta. Embora já tivesse escutado muitas vezes a forma como seu marido havia morrido, só naquele instante se dera conta de que ali havia uma lição importantíssima para ela. Lembrou-se de seu recente passeio pela floresta, do seu ódio surdo, atirando para todos os lados, pronta a ferir indiscriminadamente quem estivesse à sua volta – fosse a si mesma, à cidade, aos seus habitantes, aos filhos de seus habitantes.

Mas seu verdadeiro alvo era apenas um: o estrangeiro. Concentrar-se, disparar, conseguir matar a presa. Para isso era necessário um plano – seria uma tolice dizer qualquer coisa naquela noite, e deixar a situação fora de controle. Resolveu adiar por mais um dia o relato do seu encontro com o estrangeiro – se é que iria revelá-lo em algum momento aos habitantes de Viscos.

Naquela noite, quando fora receber o dinheiro da rodada de bebidas que o estrangeiro costumava pagar, Chantal notou que ele lhe passava um bilhete. Guardou-o no seu bolso, fingindo que não lhe dava importância, embora percebesse que – vez por outra – os olhos do estrangeiro procuravam os seus, numa interrogação muda. O jogo agora parecia invertido: ela controlava a situação, escolhendo o campo de batalha e a hora do combate. Era assim que agiam os caçadores bem-sucedidos: sempre impunham as condições para que a presa viesse até eles.

Somente quando voltou para o seu quarto, dessa vez com a sensação estranha de que dormiria muito bem naquela noite, foi que abriu o bilhete: o homem pedia que o encontrasse no mesmo lugar onde tinham se conhecido.

Terminava dizendo que preferia que conversassem a sós. Mas também podiam conversar na frente de todos, se ela assim o desejasse.

Ela não ignorou a ameaça; muito pelo contrário, ficou contente por havê-la recebido. Isso provava que ele estava perdendo o controle, já que as mulheres e os homens perigosos jamais fazem isso. Ahab, o grande pacificador de Viscos, costumava dizer: "Existem dois tipos de idiotas – os que deixam de fazer alguma coisa porque receberam uma ameaça e os que acham que vão fazer alguma coisa porque estão ameaçando."

Rasgou o bilhete em pedacinhos, atirou-os no vaso, deu descarga, tomou um banho com água quase fervendo, meteu-se entre as cobertas, e sorriu. Tinha conseguido exatamente o que queria: encontrar-se de novo com o estrangeiro, para uma conversa a sós. Se quisesse saber como derrotá-lo, precisava conhecê-lo melhor.

Dormiu quase imediatamente – um sono profundo, repousante, relaxado. Havia passado uma noite com o Bem, uma noite com o Bem e o Mal, e uma noite com o Mal. Nenhum dos três conseguira resultados, mas continuavam vivos em sua alma, e agora começavam a combater entre si, para mostrar quem era o mais forte.

Quando o estrangeiro chegou, Chantal estava ensopada de chuva; a tempestade havia recomeçado.

– Não vamos falar do tempo – disse ela. – Está chovendo, como vê. Conheço um lugar onde podemos conversar melhor.

Levantou-se e pegou uma sacola comprida de lona.

– Você tem uma espingarda aí dentro – disse o estrangeiro.

– Sim.

– Quer me matar.

– Quero. Não sei se consigo, mas tenho muita vontade. Mas trouxe a arma por outro motivo: posso encontrar o lobo maldito no caminho, acabar com ele e ser mais respeitada em Viscos. Eu o escutei uivando ontem, embora ninguém acredite em mim.

– O que é o lobo maldito?

Ela ficou em dúvida se devia ou não dar mais intimidade àquele homem, que era seu inimigo. Lembrou-se, porém, de um livro sobre artes marciais japonesas – ela sempre lia o que os hóspedes deixavam no hotel, fosse o assunto que fosse, pois não gostava de gastar seu dinheiro comprando livros. Ali estava escrito que a melhor maneira de enfraquecer seu adversário é fazê-lo acreditar que você está do lado dele.

Caminhando no meio da chuva e do vento, ela contou a história. Dois anos atrás, um homem de Viscos – o ferreiro da cidade, para ser mais exato – saiu para um passeio quando viu-se de cara com um lobo e suas crias. O homem assustou-se, pegou um galho e partiu para cima do animal. Normalmente, o lobo fugiria, mas como estava com seus filhotes, contra-atacou e mordeu-o na perna. O ferreiro, um homem cuja profissão lhe exigia uma força descomunal, conseguiu golpeá-lo com tanta violência que o animal terminou recuando; o lobo se embrenhou na floresta com suas crias e jamais foi visto de novo; tudo que sabiam era que tinha uma marca branca na orelha esquerda.

– Por que é "maldito"?

– Os animais, mesmo os mais ferozes, raramente atacam, a não ser em situações excepcionais, como nesse caso, para proteger seus filhotes. Entretanto, se atacam e provam o sangue humano, tornam-se perigosos; sempre vão querer mais, deixam de ser animais selvagens para se transformarem em assassinos. Todos acham que, um dia, esse lobo vai atacar de novo.

"Esta é a minha história", pensou o estrangeiro.

Chantal fazia o possível para andar rápido, pois era mais jovem, mais preparada, e queria ter a vantagem psicológica de cansar e humilhar o homem que a acompanhava; ele, porém, conseguia manter o ritmo de seus passos. Embora ofegando um pouco, em momento algum pediu que andassem mais devagar.

Chegaram a uma pequena tenda de plástico verde, bem camuflada, usada pelos caçadores para aguardar a presa. Sentaram-se ali dentro, ambos esfregando e soprando as mãos geladas.

– O que quer? – disse ela. – Por que me enviou o bilhete?

– Vou lhe propor um enigma: de todos os dias de nossa vida, qual é aquele que nunca chega?

Não houve resposta.

– O amanhã – disse o estrangeiro. – Mas parece que você acredita que o amanhã vai chegar, e fica adiando o que lhe pedi. Hoje começa o fim de semana; se você não disser nada, eu mesmo o farei.

Chantal saiu da cabana, ficou a uma distância segura, desabotoou a sacola de lona e tirou a espingarda. O estrangeiro pareceu não dar importância.

– Você mexeu no ouro – continuou ele. – Se tivesse que escrever um livro sobre sua experiência, acha que a maior parte dos leitores, enfrentando todas as dificuldades que enfrentam, sendo frequentemente injustiçados pela vida e pelos outros, tendo que lutar para pagar a escola dos filhos e a comida na mesa... essas pessoas torceriam para que você fugisse com a barra?

– Não sei – disse ela, colocando um cartucho na arma.

– Tampouco sei. É essa a resposta que eu desejo.

O segundo cartucho foi colocado.

– Você está prestes a me matar, embora tentasse me tranquilizar com essa história de procurar um lobo. Não faz mal, porque isso responde à minha pergunta: os seres humanos são essencialmente maus, uma simples garçonete de cidade do interior é capaz de cometer um crime por dinheiro. Vou morrer, mas agora conheço a resposta, e morro contente.

– Segure. – Ela entregou a arma ao estrangeiro. – Ninguém sabe que eu o conheço. Todos os dados de sua ficha são falsos. Você pode partir quando quiser e, pelo que entendo, pode ir para qualquer lugar do mundo. Não é necessária uma boa pontaria: basta apontar a espingarda na minha direção e apertar o gatilho. O cartucho é composto de vários pequenos pedaços de chumbo, que uma vez deixando o cano se espalham em forma de cone. Serve para matar pássaros e seres humanos. Você pode até mesmo olhar para outro lado, se não quiser ver meu corpo sendo despedaçado.

O homem colocou o dedo no gatilho, apontou em sua direção e, para sua surpresa, Chantal viu que ele segurava a espingarda de maneira correta, como um profissional. Ficaram assim por um longo tempo, ela sabendo que um simples escorregão, ou um susto provocado por um animal que surgisse inesperadamente, podia fazer com que o dedo se movesse e a arma detonasse. Naquele momento, deu-se conta da infantilidade de seu gesto, procurando desafiar alguém apenas pelo prazer de provocá-lo, dizendo que não era capaz de fazer o que pedia que os outros fizessem.

O estrangeiro mantinha a espingarda apontada, seus olhos não piscavam, as mãos não tremiam. Agora era tarde – mesmo porque ele talvez estivesse convencido de que, no fundo, não era uma má ideia terminar com a vida daquela menina que o havia desafiado. Chantal preparou-se para pedir que a perdoasse, mas o estrangeiro abaixou a arma antes que ela dissesse qualquer coisa.

– Quase posso tocar o seu medo – disse ele, devolvendo a espingarda para Chantal. – Sinto o cheiro do suor escorrendo, embora a chuva consiga disfarçá-lo; e escuto o barulho do seu coração, quase saindo pela garganta, embora o vento esteja sacudindo as árvores e criando um ruído infernal.

– Eu vou fazer o que me pediu, hoje à noite – disse Chantal, fingindo que não escutava todas as verdades que ele acabara de dizer. – Afinal de contas, veio até Viscos porque queria conhecer mais sobre sua própria natureza, se era bom ou mau. Uma coisa eu acabo de lhe mostrar: apesar de tudo o que eu senti ou deixei de sentir agora, você podia ter puxado o gatilho, e não o fez. Sabe por quê? Porque é um covarde. Usa os outros para resolver seus próprios conflitos, mas é incapaz de tomar certas atitudes.

– Um filósofo alemão disse certa vez: até Deus tem um inferno: é o seu amor pelos homens. Não, eu não sou um covarde. Já apertei outros gatilhos muito piores do que o desta arma; melhor dizendo, fabriquei armas muito melhores que essa, e as espalhei pelo mundo. Fiz tudo de maneira legal, com as transações aprovadas pelo governo, carimbos de exportação, pagamento de impostos. Casei-me com a mulher que amava, tive duas filhas lindas, jamais desviei um centavo de minha companhia e sempre soube exigir aquilo que me era devido.

"Ao contrário de você, que se julga perseguida pelo destino, eu sempre fui um homem capaz de agir, lutar contra as muitas adversidades que enfrentei, perder algumas batalhas, ganhar outras, mas entender que vitórias e derrotas faziam parte da vida de todo mundo – exceto dos covardes, como diz você, já que esses nunca perdem nem ganham.

"Li muito. Frequentei a igreja. Temi a Deus, respeitei seus mandamentos. Era um diretor muito bem-remunerado de uma firma gigantesca. Como recebia comissões por cada transação feita, ganhei o suficiente para sustentar minha mulher, minhas filhas, meus netos e meus bisnetos, já que o comércio de armas é o que movimenta mais dinheiro no mundo. Sabia da importância de cada peça que vendia, de modo que fiscalizava pessoalmente os negócios; descobri vários casos de corrupção, mandei as pessoas embora, interrompi as vendas. Minhas armas eram feitas para a defesa da ordem, única maneira de se continuar o progresso e a construção do mundo, assim pensava eu."

O estrangeiro aproximou-se e segurou Chantal pelos ombros; queria que ela visse os seus olhos, entendesse que falava a verdade.

– Talvez você deva achar que os fabricantes de armas são o que há de pior no mundo. Talvez você tenha razão; mas o fato é que, desde o tempo das cavernas, o homem as usa – primeiro, para matar os animais, logo depois, para conquistar o poder sobre os outros. O mundo já existiu sem agricultura, sem criação de gado, sem religião, sem música, mas nunca existiu sem armas.

Ele pegou uma pedra no chão.

– Está aqui: a primeira delas, entregue generosamente por nossa Mãe Natureza aos que precisavam enfrentar os animais pré-históricos. Uma pedra destas deve ter salvado um homem, e este homem, depois de incontáveis gerações, fez com que você e eu nascêssemos. Se ele não tivesse essa pedra, o carnívoro assassino o teria devorado, e centenas de milhões de pessoas não teriam nascido.

O vento aumentou, e a chuva incomodava, mas seus olhares não se desviavam.

– De modo que, assim como muita gente critica os caçadores, Viscos os recebe com todas as pompas, porque vive deles; assim como as pessoas odeiam ver um touro na arena mas vão ao açougue comprar carne, alegando que os animais tiveram uma morte "honrada", também muita gente critica os fabricantes de armas, e mesmo assim eles continuarão existindo, até que não haja uma só arma sobre a face da Terra. Porque, enquanto houver uma, terá que existir outra, ou o equilíbrio está perigosamente desfeito.

– O que tem isso a ver com a minha cidade? – perguntou Chantal. – O que tem a ver com a quebra dos mandamentos, com o crime, com o roubo, com a essência do ser humano, com o Bem e o Mal?

Os olhos do estrangeiro mudaram, como se tivessem sido inundados por uma profunda tristeza.

– Lembre-se do que lhe disse no começo: sempre procurei fazer meus negócios de acordo com as leis, me considerava aquilo que costumam chamar de "um homem de bem". Certa tarde, recebi um telefonema no meu escritório: uma voz feminina, suave mas sem qualquer emoção, dizia que seu grupo terrorista sequestrara minha mulher e minhas filhas. Queriam uma grande quantidade daquilo que eu podia lhes fornecer: armas. Me pediram segredo, disseram que nada aconteceria à minha família se eu seguisse as instruções que iriam me dar.

"A mulher desligou dizendo que tornaria a chamar em meia hora, e pediu que eu esperasse em determinada cabine telefônica na estação de trem. Disse que não me preocupasse além da conta, estavam todas sendo bem tratadas, e seriam liberadas em poucas horas – já que tudo que eu precisava fazer era enviar uma ordem eletrônica para uma de nossas filiais, em certo país. Na verdade, nem sequer se tratava de um roubo, mas de uma venda ilegal, que podia passar completamente despercebida até mesmo na companhia onde eu trabalhava.

"Como um cidadão educado para obedecer às leis e para sentir-se protegido por elas, a primeira coisa que fiz foi chamar a polícia. No minuto seguinte eu já não era mais dono de minhas decisões, tinha me transformado numa pessoa incapaz de proteger a própria família, o meu universo era agora povoado por vozes anônimas e telefonemas frenéticos. Quando me dirigi à cabine indicada, um verdadeiro exército de técnicos já havia conectado o cabo telefônico subterrâneo com a aparelhagem mais moderna possível, de modo que pudessem traçar no mesmo momento o local exato de onde vinha a chamada. Helicópteros estavam preparados para decolar, carros se colocavam de maneira estratégica para interromper o trânsito, homens treinados e armados até os dentes estavam em sinal de alerta.

"Dois governos diferentes, em continentes distantes, já tinham conhecimento da história, e proibiam qualquer negociação; tudo o que eu devia fazer era aceitar ordens, repetir as frases que me eram ditas, comportar-me da maneira que os especialistas pediam.

"Antes do final do dia, o cativeiro onde mantinham as reféns foi invadido, e os sequestradores – dois rapazes e uma moça, aparentemente sem qualquer experiência, simples peças descartáveis de uma poderosa organização política – estavam mortos, crivados de balas. Antes disso, porém, tiveram tempo de executar minha mulher e minhas filhas. Se até Deus tem um inferno, que é seu amor pelos homens, qualquer homem tem um inferno ao alcance da mão, que é o amor por sua família."

O homem fez uma pausa: temia perder o controle de sua voz e demonstrar uma emoção que desejava ver escondida. Assim que foi capaz de recuperar-se, continuou:

– Tanto a polícia como os sequestradores usaram armas que eram fabricadas pela minha indústria. Ninguém sabe como elas chegaram às mãos dos terroristas, e isso não tem a menor relevância; elas estavam ali. Apesar dos meus cuidados, da minha luta para que tudo fosse feito de acordo com as mais rígidas normas de produção e venda, minha família tinha sido morta por algo que eu vendera, em algum momento, possivelmente num jantar em um restaurante caríssimo, conversando sobre o tempo ou a política mundial.

Nova pausa. Quando continuou, parecia outra pessoa falando, como se nada daquilo tivesse qualquer relação com ele:

– Conheço bem a arma e a munição usada para matar minha família, e sei onde atiraram: no peito. A bala faz um pequeno orifício ao entrar, menor que a largura do seu dedo mínimo. Assim que atinge o primeiro osso, porém, divide-se em quatro, e cada um dos fragmentos segue em direção diferente, destruindo com violência tudo que encontra à sua frente: rins, coração, fígado, pulmão. Cada vez que roça em algo muito resistente, como uma vértebra, muda de novo de direção, geralmente carregando consigo fragmentos afiados e músculos destroçados – até que finalmente consegue sair. Cada um dos quatro orifícios de saída tem quase o tamanho de um punho, e a bala ainda tem força para espalhar pela sala os pedaços de fibra, carne e ossos que aderiram a ela enquanto percorria o interior do corpo.

"Tudo isso dura menos de dois segundos; dois segundos para morrer pode não parecer muito, mas o tempo não se mede desta maneira. Você compreende, eu espero."

Chantal balançou afirmativamente a cabeça.

– Deixei o emprego no final daquele ano. Vaguei pelos quatro cantos da Terra, chorando sozinho minhas dores, perguntando a mim mesmo como o ser humano era capaz de tanta maldade. Perdi a coisa mais importante que um homem tem: a fé em seu próximo. Ri e chorei com a ironia de Deus, ao me mostrar, dessa maneira tão absurda, que eu era um instrumento do Bem e do Mal.

"Toda a minha compaixão foi desaparecendo, e hoje meu coração está seco; viver ou morrer, tanto faz. Mas antes, em nome da minha mulher e das minhas filhas, preciso entender o que se passou naquele cativeiro. Compreendo que se possa matar por ódio ou por amor, mas sem nenhuma razão, apenas por causa de negócios?

"Talvez isso pareça ingênuo para você – afinal de contas, todos os dias as pessoas se matam por dinheiro –, mas isso não me interessa, eu só penso na minha mulher e nas minhas filhas. Quero saber o que se passava na cabeça daqueles terroristas. Quero saber se, em algum momento, eles podiam ter piedade e deixar que partissem, já que aquela guerra não era da minha família. Quero saber se existe uma fração de segundo, quando o Mal e o Bem se enfrentam, em que o Bem pode vencer."

– Por que Viscos? Por que minha aldeia?

– Por que as armas de minha fábrica, com tantas fábricas de armas no mundo, algumas sem qualquer controle governamental? A resposta é simples: por acaso. Eu precisava de um lugar pequeno, onde todos se conhecessem e se quisessem bem. No momento em que souberem da recompensa, Bem e Mal se colocarão de novo frente a frente, e o que aconteceu naquele cativeiro acontecerá em sua cidade.

"Os terroristas já estavam cercados e perdidos; mesmo assim, mataram para cumprir um ritual inútil e vazio. Sua aldeia tem aquilo que não me foi oferecido: a possibilidade de uma escolha. Estarão cercados pelo desejo do dinheiro, podem acreditar que têm a missão de proteger e salvar a cidade – e, mesmo assim, ainda detêm a capacidade de decidir se vão executar o refém. Só isso: quero ver se outras pessoas teriam agido de maneira diferente da que agiram os pobres e sanguinários jovens.

"Como eu disse em nosso primeiro encontro, a história de um homem é a história de toda a humanidade. Se existe compaixão, eu entenderei que o destino foi cruel comigo, mas às vezes ele pode ser doce com os outros. Isso em nada mudará o que sinto, não trará minha família de volta, mas pelo menos vai afastar o demônio que me acompanha e me tira a esperança."

– E por que quer saber se sou capaz de roubá-lo?

– Pela mesma razão. Talvez você divida o mundo em crimes leves e pesados: não é assim. Acredito que os terroristas também dividiam o mundo dessa forma: achavam que estavam matando por uma causa, não apenas por prazer, amor, ódio ou dinheiro. Se você levar a barra de ouro, terá que explicar seu crime para si mesma, em seguida para mim, e eu entenderei como os assassinos justificaram entre eles a matança de meus entes queridos. Você já deve ter notado que, em todos esses anos, tenho procurado entender o que aconteceu; não sei se isso me trará paz, mas não vejo outra alternativa.

– Se eu roubasse, você jamais tornaria a me ver.

Pela primeira vez, em quase meia hora que estavam conversando, o estrangeiro esboçou um sorriso.

– Trabalhei com armas, não esqueça. Isso inclui serviços secretos.

O homem pediu que ela o conduzisse de volta até o rio – estava perdido, não sabia como voltar. Chantal pegou a espingarda – emprestada de um amigo sob o pretexto de que andava muito tensa e precisava ver se conseguia distrair-se caçando –, colocou-a de novo na bolsa de lona e começaram a descer.

Não trocaram nenhuma palavra durante o caminho. Quando chegaram de novo ao rio, ele se despediu:

– Entendo sua demora, mas não posso esperar mais. Entendo também que, para lutar contra você mesma, precisava me conhecer melhor: agora já me conhece.

"Sou um homem que caminha pela Terra tendo um demônio ao seu lado; para afastá-lo, ou para aceitá-lo de vez, preciso responder a algumas perguntas."

O garfo bateu incessantemente no copo. Todos que estavam no bar, lotado naquela sexta-feira, viraram na direção do som; era a senhorita Prym pedindo para que se calassem.

O silêncio foi imediato. Nunca, em momento algum da história da cidade, uma moça cuja única obrigação era servir os fregueses havia agido de tal maneira.

"Melhor que ela tenha alguma coisa importante a dizer", pensou a dona do hotel. "Ou será despedida ainda hoje, apesar da promessa que fiz à sua avó, de jamais deixá-la desamparada."

– Quero que me ouçam – disse Chantal. – Vou contar uma história que todos já sabem, menos o nosso visitante – ela apontou em direção ao estrangeiro. – Em seguida, contarei uma história que nenhum de vocês conhece, exceto o nosso visitante. Quando terminar as duas histórias, então caberá a vocês julgar se agi mal, interrompendo este merecido descanso de uma noite de sexta, depois de uma semana exaustiva de trabalho.

"Que coisa arriscada", pensava o padre. "Ela não sabe nada que não saibamos. Por mais que seja uma pobre órfã, uma moça sem condições na vida, vai ser difícil convencer a dona do hotel a mantê-la no emprego."

Bem, nem tão difícil assim, tornou a refletir. Todos nós cometemos os nossos pecados, seguem-se dois ou três dias de raiva e logo tudo é perdoado; não conhecia, em toda a aldeia, outra pessoa que pudesse trabalhar ali. Era um emprego para gente moça, e já não havia mais jovens em Viscos.

* * *

– Viscos tem três ruas, uma pequena praça com uma cruz, algumas casas em ruínas, uma igreja com um cemitério ao lado – começou ela.

– Um momento! – disse o estrangeiro.

Tirou um pequeno gravador do bolso, ligou-o e deixou-o em cima de sua mesa.

– Tudo sobre a história de Viscos me interessa. Não quero esquecer uma palavra, de modo que espero que você não se incomode que eu as grave.

Chantal não sabia se devia incomodar-se ou não, mas não tinha tempo a perder. Há horas lutava contra os seus medos, finalmente reunira coragem suficiente para começar, e não podia mais ser interrompida.

– Viscos tem três ruas, uma pequena praça com uma cruz, algumas casas em ruínas, outras bem-conservadas, um hotel, uma caixa de correio num poste, uma igreja com um pequeno cemitério ao lado.

Pelo menos dera uma descrição mais completa desta vez. Já não estava tão nervosa.

– Como todos nós sabemos, era um reduto de marginais, até que nosso grande legislador Ahab, depois de convertido por São Savin, conseguiu transformá-la neste vilarejo que hoje abriga apenas homens e mulheres de boa vontade.

"O que nosso estrangeiro não sabe, e vou contar agora, foi a maneira que Ahab usou para conseguir seu intento. Em momento algum ele tentou convencer ninguém, já que conhecia a natureza dos homens; iam confundir honestidade com fraqueza, e logo seu poder seria colocado em dúvida.

"O que fez foi chamar alguns carpinteiros de uma aldeia vizinha, dar-lhes um papel com um desenho e mandar que construíssem algo no lugar onde hoje está a cruz. Dia e noite, durante uns dez dias, os habitantes da cidade ouviam o barulho de martelos, viam homens serrando peças de madeira, fazendo encaixes, colocando parafusos. No final de dez dias, o gigantesco quebra-cabeça foi montado no meio da praça e coberto com um pano. Ahab chamou todos os habitantes de Viscos para que presenciassem a inauguração do monumento.

"Solenemente, sem qualquer discurso, ele retirou o pano: era uma forca. Com corda, alçapão e tudo. Novinha, coberta com cera de abelha, de modo que pudesse resistir durante muito tempo às intempéries. Aproveitando a multidão aglomerada ali, Ahab leu uma série de leis que protegiam os agricultores, incentivavam a criação de gado, premiavam quem trouxesse novos negócios para Viscos, acrescentando que – dali por diante – teriam que arranjar um trabalho honesto ou mudar-se para outra cidade. Disse apenas isso, não mencionou uma vez sequer o 'monumento' que acabara de inaugurar; Ahab era um homem que não acreditava em ameaças.

"No final do encontro, vários grupos se formaram; a maioria achava que Ahab tinha sido enganado pelo santo, já não tinha a mesma coragem de antes, era preciso matá-lo. Nos dias que se seguiram, muitos planos foram feitos com esse objetivo. Mas todos eram obrigados a contemplar aquela forca no meio da praça, e se perguntavam: o que ela está fazendo ali? Será que foi montada para matar os que não aceitarem as novas leis? Quem está do lado de Ahab e quem não está? Temos espiões em nosso meio?

"A forca olhava os homens, e os homens olhavam a forca. Pouco a pouco, a coragem inicial dos rebeldes foi dando lugar ao medo; todos conheciam a fama de Ahab, sabiam que ele era implacável em suas decisões. Algumas pessoas abandonaram a cidade, outras resolveram experimentar os novos trabalhos que tinham sido sugeridos, simplesmente porque não tinham para onde ir ou por causa da sombra daquele instrumento de morte no meio da praça. Tempos depois, Viscos estava pacificada, tornara-se um grande centro comercial da fronteira, começou a exportar a melhor lã e produzir trigo de primeira qualidade.

"A forca ficou lá durante dez anos. A madeira resistia bem, mas periodicamente a corda era trocada por uma nova. Nunca foi usada. Nunca Ahab disse uma palavra sequer sobre ela. Bastou sua imagem para mudar a coragem em medo, a confiança em suspeita, as histórias de valentia em sussurros de aceitação. No final de dez anos, quando a lei finalmente imperava em Viscos, Ahab mandou destruí-la e usar sua madeira para construir uma cruz em seu lugar."

Chantal fez uma pausa. O bar, completamente silencioso, escutou os aplausos solitários do estrangeiro.

– Uma bela história – disse ele. – Ahab conhecia realmente a natureza humana: não é a vontade de seguir as leis que faz com que todos se comportem como manda a sociedade, e sim o medo do castigo. Cada um de nós carrega essa forca dentro de si.

– Hoje, porque o estrangeiro me pediu, eu estou arrancando aquela cruz e colocando outra forca no meio da praça – continuou a moça.

– Carlos – disse alguém. – Seu nome é Carlos, e seria mais educado tratá-lo por seu nome do que chamá-lo de "estrangeiro".

– Não sei o seu nome. Todos os dados da ficha do hotel são falsificados. Nunca pagou nada com cartão de crédito. Não sabemos de onde vem ou para onde vai; até mesmo o telefonema para o aeroporto pode ser uma mentira.

Todos se voltaram em direção ao homem; ele mantinha os olhos fixos em Chantal.

– Entretanto, quando falava a verdade, vocês não acreditavam; trabalhou realmente para uma fábrica de armas, viveu muitas aventuras, foi várias pessoas diferentes, de pai amoroso a negociador sem piedade. Vocês, morando aqui, não podem entender que a vida é muito mais complexa e rica do que pensam.

"É melhor que essa menina se explique logo", pensou a dona do hotel. E Chantal se explicou:

– Há quatro dias ele me mostrou dez barras de ouro muito grandes. Capazes de garantir o futuro de todos os habitantes de Viscos pelos próximos trinta anos, executar importantes reformas na cidade, construir um parque para crianças, na esperança de que elas voltem um dia a povoar nossa aldeia. Em seguida, escondeu-as na floresta, e eu não sei onde estão.

Todos se voltaram de novo para o estrangeiro; desta vez ele encarou-os, e acenou afirmativamente com a cabeça.

– Esse ouro será de Viscos se, nos próximos três dias, alguém aparecer assassinado aqui. Se ninguém morrer, o estrangeiro partirá, levando o seu tesouro.

"Só isso. Pronto, já disse tudo que tinha que dizer, já recoloquei a forca na praça. Só que desta vez ela não está ali para evitar um crime, e sim para que um inocente seja pendurado nela e o sacrifício desse inocente faça a cidade prosperar."

Pela terceira vez as pessoas voltaram-se para o estrangeiro; de novo ele concordou com a cabeça.

– Essa moça sabe contar uma história – disse ele, desligando o gravador e recolocando-o no bolso.

Chantal virou-se para a pia e começou a lavar os copos. O tempo parecia haver parado em Viscos; ninguém dizia nada. O único barulho que se escutava era o da água correndo, do vidro sendo colocado na pedra de mármore, do vento distante batendo nos galhos de árvores sem folhas.

O prefeito quebrou o silêncio:

– Vamos chamar a polícia.

– Façam isso – disse o estrangeiro. – Tenho aqui uma fita gravada. Meu único comentário foi o seguinte: "Essa moça sabe contar uma história."

– Por favor, suba até o seu quarto, junte suas coisas e saia imediatamente da cidade – pediu a dona do hotel.

– Paguei uma semana, vou ficar uma semana. Nem que seja preciso chamar a polícia.

– Já lhe ocorreu que o assassinado pode ser você?

– Claro. E não tem a menor importância para mim. Entretanto, se agirem assim, vocês terão cometido um crime, e jamais receberão a recompensa prometida.

Um a um, os frequentadores do bar foram saindo, começando pelos mais moços e terminando pelos mais velhos. Ficaram apenas Chantal e o estrangeiro.

Ela pegou sua bolsa, colocou o casaco, caminhou até a porta e virou-se:

– Você é um homem que sofreu e deseja vingança – disse ela. – Seu coração está morto, sua alma, sem luz. O demônio que o acompanha está sorrindo, porque você está fazendo o jogo que ele determinou.

– Obrigado por ter feito o que eu pedi. E por haver contado a interessante e verdadeira história sobre a forca.

– Na floresta, você disse que queria responder a certas perguntas, mas da maneira que arquitetou seu plano, apenas a maldade tem recompensa; se ninguém aparecer morto, o Bem não lucrará nada além de louvores. Como você sabe, louvores não alimentam bocas famintas, e não recuperam cidades decadentes. Você não está querendo responder a uma pergunta, mas confirmar uma coisa na qual deseja desesperadamente acreditar: todo mundo é mau.

O olhar do estrangeiro mudou, e Chantal percebeu.

– Se todo mundo é mau, a tragédia pela qual passou justifica-se – continuou ela. – Fica mais fácil aceitar a perda de sua mulher e de suas filhas. Mas se existe gente boa, então sua vida será insuportável, embora diga o contrário; porque o destino lhe colocou uma armadilha, e você sabe que não merecia isso. Não é a luz que você quer de volta, é a certeza de que não existe nada além das trevas.

– Aonde você quer chegar?

Sua voz demonstrava um nervosismo controlado.

– A uma aposta mais justa. Se, dentro de três dias, ninguém for assassinado, a cidade recebe as dez barras de ouro de qualquer maneira. Como prêmio pela integridade de seus habitantes.

O estrangeiro riu.

– E eu receberei a minha barra, como pagamento pela participação nesse jogo sórdido.

– Não sou estúpido. Se eu aceitasse isso, a primeira coisa que você faria era ir lá fora e contar a todos.

– É um risco. Mas eu não farei isso; juro pela minha avó e pela minha salvação eterna.

– Não basta. Ninguém sabe se Deus escuta juramentos, ou se existe salvação eterna.

– Você saberá que não fiz porque montei uma nova forca no meio da cidade. Qualquer truque será fácil de perceber. Além do mais, mesmo se eu saísse agora e contasse para todos o que acabamos de conversar, ninguém acreditaria; seria o mesmo que chegar em Viscos com todo esse tesouro e dizer: "Olha aqui, isso é para vocês, façam ou não façam o que o estrangeiro quer." Esses homens e mulheres estão acostumados a trabalhar duro, a ganhar com o suor de seu rosto cada centavo, e nunca admitiriam a possibilidade de um tesouro cair do céu.

O estrangeiro acendeu um cigarro, tomou o que restava do seu copo, levantou-se da mesa. Chantal esperava a resposta com a porta aberta, o frio entrando no bar.

– Eu perceberei qualquer trapaça – disse ele. – Sou um homem acostumado a lidar com os seres humanos, assim como o seu Ahab.

– Tenho certeza. E isso quer dizer um "sim".

Mais uma vez naquela noite ele apenas acenou com a cabeça.

– E há algo mais: você ainda acredita que o homem pode ser bom. Caso contrário, não teria criado toda esta estupidez para convencer a si mesmo.

Chantal fechou a porta, caminhou pela única rua da cidade – completamente deserta – soluçando sem parar. Sem querer, terminara também envolvida no jogo; apostara que os homens eram bons, apesar de toda maldade no mundo. Jamais contaria a ninguém o que acabara de conversar com o estrangeiro porque agora ela também precisava saber o resultado.

Sabia que – apesar da rua deserta –, por detrás das cortinas e das luzes apagadas, todos os olhares de Viscos a acompanhavam até sua casa. Não importava; estava escuro demais para que pudessem perceber o seu pranto.

O homem abriu a janela do seu quarto e torceu para que o frio calasse por alguns momentos a voz do seu demônio.

Não funcionou, como previra, já que o demônio estava mais agitado que nunca, por causa do que a moça acabara de dizer. Pela primeira vez em muitos anos o via enfraquecido, e houve momentos em que notou que se afastava – para voltar logo em seguida, nem mais forte, nem mais fraco, apenas com o seu jeito familiar. Habitava o lado direito do seu cérebro, justamente a parte que governa a lógica e o raciocínio, mas jamais se deixara ver fisicamente, de modo que era obrigado a imaginá-lo como devia ser. Procurou retratá-lo de mil maneiras diferentes, desde o diabo convencional com chifres e rabo, até uma menina loura de cabelos cacheados. Terminara escolhendo como imagem um jovem de vinte e poucos anos, com calças pretas, camisa azul e uma boina verde colocada displicentemente sobre os cabelos negros.

Escutara sua voz pela primeira vez numa ilha, para onde viajara logo depois de ter deixado a firma; estava na praia, sofrendo mas procurando desesperadamente acreditar que aquela dor teria um final, quando viu o pôr do sol mais lindo de sua vida. Foi então que o desespero voltou mais forte que nunca, chegou ao abismo mais profundo de sua alma – porque aquele entardecer merecia ser visto por sua mulher e filhas. Chorou compulsivamente, e pressentiu que nunca mais voltaria do fundo daquele poço.

Nesse momento, uma voz simpática, companheira, lhe disse que não estava sozinho, que tudo que lhe acontecera tinha um sentido – e esse sentido era, justamente, mostrar que o destino de cada um está traçado. A tragédia sempre aparece, e nada do que façamos pode mudar uma linha do Mal que nos espera.

"Não existe Bem: a virtude é apenas uma das faces do terror", dissera a voz. "Quando o homem entende isso, percebe que este mundo não passa de uma brincadeira de Deus."

Logo em seguida, a voz – que se identificou como o príncipe deste mundo, o único conhecedor do que acontece na Terra – começou a mostrar-lhe as pessoas ao seu redor na praia. O excelente pai de família, que nesse momento empacotava as coisas e ajudava os filhos a colocarem um agasalho e que gostaria de ter um caso com a secretária, mas estava aterrorizado com a reação da mulher. A mulher, que gostaria de trabalhar e ter sua independência, mas estava aterrorizada com a reação do marido. As crianças, que se comportavam bem, com terror dos castigos. A moça que lia um livro, sozinha numa barraca, fingindo displicência, enquanto sua alma aterrorizava-se com a possibilidade de passar sozinha o resto de sua vida. O rapaz com a raquete exercitando seu corpo, aterrorizado pelo fato de precisar corresponder às expectativas de seus pais. O garçom, que servia drinques tropicais aos clientes ricos e se aterrorizava com a ideia de ser despedido a qualquer hora. A jovem, que queria ser bailarina, mas estava num curso de advocacia por terror de enfrentar a crítica dos vizinhos. O velho, que não fumava e não bebia dizendo que tinha mais disposição agindo assim, quando na verdade o terror da morte sussurrava como o vento em seus ouvidos. O casal que passou correndo, os pés espalhando a água da arrebentação, o sorriso nos lábios, e o terror oculto dizendo que iam ficar velhos, desinteressantes, inválidos. O homem que parou sua lancha na frente de todos e acenou com a mão, sorrindo, queimado de sol, sentindo terror porque podia perder seu dinheiro de uma hora para outra. O dono do hotel, que olhava toda aquela cena paradisíaca de seu escritório, tentando deixar todos contentes e animados, exigindo o máximo de seus contadores, com terror na alma porque sabia que – por mais honesto que fosse – os homens do governo sempre descobriam as falhas que desejassem na contabilidade.

Terror em cada uma daquelas pessoas na linda praia, no entardecer de tirar o fôlego. Terror de ficar sozinho, terror do escuro que povoava a imaginação de demônios, terror de fazer qualquer coisa fora do manual do bom comportamento, terror do julgamento de Deus, terror dos comentários dos homens, terror da Justiça que punia qualquer falta, terror de arriscar e perder, terror de ganhar e ter que conviver com a inveja, terror de amar e ser rejeitado, terror de pedir aumento, de aceitar um convite, de ir para lugares desconhecidos, de não conseguir falar uma língua estrangeira, de não ter capacidade de impressionar os outros, de ficar velho, de morrer, de ser notado por causa de seus defeitos, de não ser notado por causa de suas qualidades, de não ser notado nem por seus defeitos nem por suas qualidades.

Terror, terror, terror. A vida era o regime do terror, a sombra da guilhotina. "Espero que isso o deixe mais tranquilo", escutara o demônio dizer. "Todos estão aterrorizados; você não está só. A única diferença é que você já passou pelo mais difícil; o que mais temia transformou-se em realidade. Nada tem a perder, enquanto os que estão nesta praia vivem com o terror ao seu lado, alguns mais conscientes, outros procurando ignorá-lo, mas todos sabendo que ele existe, e irá pegá-los no final."

Por incrível que pudesse parecer, aquilo que escutava o deixou mais aliviado, como se o sofrimento alheio diminuísse sua dor individual. A partir daí, a presença do demônio se tornara cada vez mais constante. Convivia com ele há dois anos, e não lhe dava nem prazer nem tristeza saber que ele havia se apossado completamente de sua alma.

À medida que se familiarizava com a companhia do demônio, procurava saber mais sobre a origem do Mal, mas nada do que perguntava tinha uma resposta precisa:

"É inútil tentar descobrir por que eu existo. Se você quiser uma explicação, pode dizer a si mesmo que sou a maneira que Deus encontrou de castigar-se por ter decidido, num momento de distração, criar o Universo."

Já que o demônio não falava muito sobre si mesmo, o homem começou a buscar toda e qualquer referência a respeito do Inferno. Descobriu que a maioria das religiões tinha aquilo que era chamado "um lugar de castigo", para onde se dirigia a alma imortal depois de haver cometido certos crimes contra a sociedade (tudo parecia ser uma questão de sociedade, não de indivíduo). Alguns diziam que, uma vez longe do corpo, o espírito cruzava um rio, enfrentava um cão, entrava por uma porta pela qual jamais tornaria a sair. Já que se colocava o cadáver em um túmulo, esse lugar de tormentos era geralmente identificado como sendo escuro, e situado no interior da Terra; por causa dos vulcões, sabia-se que esse interior estava cheio de fogo, e a imaginação humana criou as chamas que torturavam os pecadores.

Encontrou uma das mais interessantes descrições da condenação num livro árabe: ali estava escrito que, uma vez fora do corpo, a alma deve caminhar por uma ponte tão fina como o fio de uma navalha, tendo do lado direito o Paraíso e do lado esquerdo uma série de círculos que conduzem à escuridão no interior da Terra. Antes de cruzar a ponte (o livro não explicava onde ela iria dar), cada um carregava suas virtudes na mão direita e seus pecados na esquerda – e o desequilíbrio iria fazer com que caísse para o lado que seus atos na Terra o tinham levado.

O cristianismo falava de um lugar onde se escutaria choro e ranger de dentes. O judaísmo se referia a uma caverna interior, com espaço para um número determinado de almas – um dia o Inferno estaria cheio, e o mundo acabaria. O islã falava do fogo onde todos seriam queimados, "a menos que Deus deseje o contrário". Para os hindus, o Inferno nunca era um lugar de tormento eterno, já que acreditavam que a alma reencarnaria depois de certo tempo, para resgatar seus pecados no mesmo lugar onde os havia cometido – ou seja, neste mundo. Mesmo assim, tinham 21 tipos de lugares de sofrimento, naquilo que costumavam chamar de "as terras inferiores".

Os budistas também faziam distinções entre os diversos tipos de punição que a alma pode enfrentar: oito Infernos de fogo e oito completamente gelados, além de um reino onde o condenado não sentia nem frio nem calor, apenas fome e sede infinitas.

Nada, porém, comparado à gigantesca variedade que os chineses haviam concebido; diferentemente dos outros – que situavam o Inferno no interior da Terra –, as almas dos pecadores iam para uma montanha, chamada Pequena Cerca de Ferro, que era circundada por outra, a Grande Cerca. No espaço entre as duas existiam oito grandes Infernos superpostos, cada um deles controlando 16 Infernos pequenos, que por sua vez controlavam dez milhões de Infernos subjacentes. Os chineses também explicavam que os demônios eram formados pelas almas daqueles que já haviam cumprido suas penas.

Aliás, os chineses eram os únicos que explicavam de uma maneira convincente a origem dos demônios – eram maus porque haviam experimentado a maldade na própria carne, e agora queriam passá-la para os outros, num eterno ciclo de vingança.

"Como talvez esteja acontecendo comigo", disse o estrangeiro para si mesmo, lembrando-se das palavras da senhorita Prym. O demônio também as escutara, e sentia que havia perdido um pouco do terreno arduamente conquistado. Sua única maneira de recuperá-lo era não deixar qualquer dúvida na mente do estrangeiro.

"Está bem, você teve uma dúvida", disse o demônio. "Mas o terror permanece. A história da forca foi muito boa, explica muito bem: os homens são virtuosos porque existe o terror, mas a sua essência é maligna, todos são meus descendentes."

O estrangeiro estava tremendo de frio, mas resolveu continuar com a janela aberta mais um tempo.

– Deus, eu não merecia o que me aconteceu. Se você fez isso comigo, eu posso fazer a mesma coisa com os outros. Isso é justiça.

O demônio assustou-se, mas resolveu ficar calado – não podia demonstrar que também ele estava aterrorizado. O homem blasfemava contra Deus, e justificava seus atos – mas era a primeira vez, em dois anos, que ele o ouvia dirigir-se aos céus.

Era um mau sinal.

"É um bom sinal" foi o primeiro pensamento de Chantal ao ouvir a buzina da furgoneta que trazia o pão. A vida em Viscos continuava igual, o pão estava sendo entregue, as pessoas iam sair de suas casas, teriam o sábado e o domingo inteiros para comentar a loucura da proposta que lhes tinha sido feita, assistiriam – com um certo remorso – à partida do estrangeiro na manhã de segunda-feira. Então, na parte da tarde, ela lhes contaria sobre a aposta que fizera, anunciando que tinham vencido a batalha, e estavam ricos.

Nunca chegaria a transformar-se numa santa, como São Savin, mas, por muitas gerações seguintes, seria lembrada como a mulher que salvou a aldeia da segunda visita do Mal; talvez inventassem lendas a seu respeito, possivelmente os futuros habitantes do lugar se refeririam a ela como uma linda mulher, a única que não abandonara Viscos quando ainda era moça, porque sabia que tinha uma missão a cumprir. Senhoras piedosas acenderiam velas em sua homenagem, jovens suspirariam apaixonados pela heroína que não puderam conhecer.

Ficou orgulhosa de si mesma, lembrou-se de que devia controlar sua boca e não mencionar a barra de ouro que lhe pertencia, ou acabariam conseguindo convencê-la de que, para ser considerada santa, precisava também dividir sua parte.

À sua maneira, estava ajudando o estrangeiro a salvar a própria alma, e Deus levaria isso em conta quando tivesse que prestar contas de seus atos. O destino daquele homem, porém, pouco lhe importava: o que precisava agora era torcer para que os dois dias seguintes passassem o mais rápido possível, já que um segredo como esse quase não cabe no coração.

Os habitantes de Viscos não eram nem melhores nem piores que os das cidades vizinhas, mas, com toda certeza, seriam incapazes de cometer um crime por dinheiro – ela tinha certeza. Agora que a história era pública, nenhum homem ou mulher podia tomar uma iniciativa isolada; primeiro, porque a recompensa seria dividida igualmente, e não conhecia ninguém que gostaria de arriscar-se pelo lucro dos outros. Segundo: se estivessem considerando fazer aquilo que ela julgava impensável, precisariam contar com uma total cumplicidade de todos – com exceção, talvez, da vítima escolhida. Se uma simples pessoa fosse contra a ideia – e, na inexistência de alguém, ela seria essa pessoa –, os homens e as mulheres de Viscos correriam o risco de serem todos denunciados e presos. Melhor ser pobre e ser honrado do que rico na cadeia.

Chantal desceu as escadas lembrando que até mesmo a simples eleição do prefeito que comandava um vilarejo com três ruas já provocava discussões acaloradas e divisões internas. Quando quiseram fazer um parque para crianças na parte mais baixa de Viscos, houve tanta confusão que a obra jamais tinha começado – uns diziam que a cidade não tinha crianças, outros berravam que um parque as traria de volta, quando seus pais viessem visitar a cidade nas férias e notassem que algo havia progredido. Em Viscos se discutia tudo: a qualidade do pão, as leis de caça, a existência ou não do lobo maldito, o estranho comportamento de Berta e, possivelmente, os encontros secretos da senhorita Prym com alguns hóspedes, embora ninguém jamais tivesse ousado mencionar o assunto na sua frente.

Aproximou-se da furgoneta com o ar de quem, pela primeira vez em sua vida, desempenhara o papel principal na história na cidade. Até então tinha sido a órfã desamparada, a moça que não conseguiu casar, a pobre trabalhadora noturna, a infeliz em busca de uma companhia; não perdiam por esperar. Mais dois dias e todos iriam beijar-lhe os pés, agradecer-lhe pela fartura e generosidade, talvez insistir para que concorresse ao cargo de prefeita nas próximas eleições (pensando melhor, talvez fosse bom permanecer um pouco mais e desfrutar da glória recém-conquistada).

O grupo de pessoas em torno da furgoneta comprava seu pão em silêncio. Todos se voltaram para ela, mas não disseram uma palavra.

– O que está havendo nesta cidade? – perguntou o rapaz que entregava o pão. – Morreu alguém?

– Não – respondeu o ferreiro, que, apesar de ser um sábado de manhã e pudesse dormir até mais tarde, estava ali. – Tem uma pessoa passando mal, e estamos preocupados.

Chantal estava sem entender o que acontecia.

– Compre logo o que precisa comprar – escutou alguém dizer. – O rapaz precisa ir embora.

Automaticamente, ela estendeu as moedas e pegou seu pão. O rapaz da furgoneta sacudiu os ombros – como se desistisse de entender o que se passava –, deu o troco, desejou a todos um bom dia e partiu com o veículo.

– Agora sou eu quem pergunta: o que está havendo nesta cidade? – disse, e o medo fez com que levantasse a voz mais do que a educação permitia.

– Você sabe o que está acontecendo – disse o ferreiro. – Deseja que cometamos um crime, em troca de dinheiro.

– Eu não quero nada! Eu fiz apenas o que aquele homem mandou! Vocês enlouqueceram?

– Você enlouqueceu. Nunca devia ter servido de mensageira àquele louco! O que você quer? Está ganhando algo com isso? Você quer transformar esta cidade no inferno, como na história que Ahab contava? Esqueceu a dignidade e a honra?

Chantal tremia.

– Vocês enlouqueceram, isso sim! Será que algum de vocês levou a sério a aposta?

– Deixe-a – disse a dona do hotel. – Vamos cuidar do café da manhã.

Pouco a pouco, o grupo se dispersou. Chantal continuava tremendo, segurando o pão, incapaz de mover-se dali. Todas aquelas pessoas, que sempre viviam discutindo entre si, estavam pela primeira vez de acordo: ela era a culpada. Não o estrangeiro, nem a aposta, mas ela, Chantal Prym, a incentivadora do crime. O mundo tinha ficado de cabeça para baixo?

Deixou o pão na sua porta, saiu da cidade em direção à montanha; não tinha fome, nem sede, ou qualquer tipo de desejo. Percebera algo muito importante, algo que a enchia de medo, de pavor, de terror completo.

Ninguém tinha dito nada ao homem da furgoneta.

Um acontecimento como aquele seria naturalmente comentado, fosse com indignação ou risos – mas o homem da furgoneta, que levava o pão e as fofocas para as aldeias da região, saíra sem saber o que estava acontecendo. Com toda certeza, as pessoas de Viscos estavam se reunindo ali pela primeira vez naquele dia, e ninguém tivera tempo de comentar com o outro o que acontecera na noite anterior – embora todos já soubessem do que se havia passado no bar. E tinham feito, inconscientemente, uma espécie de pacto de silêncio.

Ou seja: podia ser que cada uma daquelas pessoas, no fundo do coração, estivesse considerando o inconsiderável, imaginando o inimaginável.

Berta chamou-a. Continuava no seu lugar, vigiando inutilmente a cidade, porque o perigo já entrara, e era maior do que se podia pensar.

– Não quero conversar – disse Chantal. – Não consigo pensar, reagir, dizer qualquer coisa.

– Pois apenas escute. Sente-se aqui.

De todos que havia encontrado desde que acordara, era a única pessoa que a estava tratando com delicadeza. Chantal não apenas sentou, mas abraçou-a. Ficaram assim por muito tempo, até que Berta quebrou o silêncio.

– Vá agora para a floresta, esfrie a cabeça; você sabe que o problema não é com você. Eles também sabem, mas precisam de um culpado.

– É o estrangeiro!

– Eu e você sabemos que é ele. Mais ninguém. Todos querem acreditar que foram traídos, que você devia ter contado tudo isso antes, que não confiou neles.

– Traídos?

– Sim.

– Por que querem acreditar nisso?

– Pense.

Chantal pensou. Porque precisavam de um culpado. De uma vítima.

– Não sei como esta história vai terminar – disse Berta. – Viscos é uma cidade de homens de bem, embora, como você mesma disse, um pouco covardes. Mesmo assim, talvez seja bom você passar um tempo longe daqui.

Ela só podia estar brincando; ninguém ia levar a sério a aposta do estrangeiro. Ninguém. Além disso, ela não tinha nem dinheiro, nem lugar para onde ir.

Não era verdade: uma barra de ouro a esperava, e podia levá-la a qualquer lugar do mundo. Mas não queria, de jeito nenhum, pensar nisso.

Nesse momento, como por ironia do destino, o homem passou diante delas e foi caminhar pelas montanhas, como fazia todas as manhãs. Cumprimentou-as com a cabeça e seguiu adiante. Berta acompanhou-o com os olhos, enquanto Chantal procurava verificar se alguém na cidade o tinha visto cumprimentá-las. Diriam que era sua cúmplice. Diriam que havia um código secreto entre os dois.

– Ele está mais sério – disse Berta. – Há algo estranho.

– Talvez tenha se dado conta de que sua brincadeira transformou-se em realidade.

– Não, é algo além disso. Não sei o que é, mas... é como se... não, não sei o que é.

"Meu marido deve saber", pensou Berta, sentindo uma sensação nervosa e desconfortável que vinha do seu lado esquerdo. Mas não era o momento de conversar com ele.

– Lembro-me de Ahab – disse para a senhorita Prym.

– Não quero saber de Ahab, de histórias, de nada! Quero apenas que o mundo volte a ser o que era, que Viscos, com todos os seus defeitos, não seja destruída pela loucura de um homem!

– Parece que você ama este lugar mais do que pensa.

Chantal tremia. Berta tornou a abraçá-la, colocando sua cabeça no ombro, como se fosse a filha que nunca tivera.

– Como estava dizendo, Ahab tinha uma história sobre o Céu e o Inferno, que antigamente os pais passavam para os filhos, e que hoje está esquecida. Um homem, seu cavalo e seu cão caminhavam por uma estrada. Quando passavam perto de uma árvore gigantesca, um raio caiu, e todos morreram fulminados. Mas o homem não percebeu que já havia deixado este mundo e continuou caminhando com seus dois animais; às vezes os mortos levam tempo para se dar conta de sua nova condição...

Berta pensou em seu marido, que continuava insistindo para que deixasse a moça partir, já que tinha algo importante a dizer. Talvez já fosse tempo de lhe explicar que estava morto e que parasse de interromper sua história.

– A caminhada era muito longa, morro acima, o sol era forte, eles estavam suados e com muita sede. Numa curva do caminho, avistaram um portão magnífico, todo de mármore, que conduzia a uma praça calçada com blocos de ouro, no centro da qual havia uma fonte de onde jorrava água cristalina. O caminhante dirigiu-se ao homem que guardava a entrada.

"– Bom dia.

"– Bom dia – respondeu o guarda.

"– Que lugar é este, tão lindo?

"– Aqui é o Céu.

"– Que bom que nós chegamos ao Céu, estamos com muita sede.

"– O senhor pode entrar e beber água à vontade. – E o guarda indicou a fonte.

"– Meu cavalo e meu cachorro também estão com sede.

"– Lamento muito – disse o guarda. – Aqui não se permite a entrada de animais.

"O homem ficou muito desapontado porque a sede era grande, mas ele não beberia sozinho; agradeceu ao guarda e continuou adiante. Depois de muito caminharem morro acima, já exaustos, chegaram a um sítio, cuja entrada era marcada por uma porteira velha que se abria para um caminho de terra, ladeada de árvores. À sombra de uma das árvores, um homem estava deitado, cabeça coberta com um chapéu, possivelmente dormindo.

"– Bom dia – disse o caminhante.

"O homem acenou com a cabeça.

"– Estamos com muita sede, eu, meu cavalo e meu cachorro.

"– Há uma fonte naquelas pedras – disse o homem, indicando o lugar. – Podem beber à vontade.

"O homem, o cavalo e o cachorro foram até a fonte e mataram a sede.

"O caminhante voltou para agradecer.

"– Voltem quando quiserem – respondeu o homem.

"– Por sinal, como se chama este lugar?

“– Céu.

“– Céu? Mas o guarda do portão de mármore disse que lá era o Céu!

“– Aquilo não é o Céu, aquilo é o Inferno.

“O caminhante ficou perplexo.

“– Vocês deviam proibir que eles usem o nome de vocês! Essa informação falsa deve causar grandes confusões!

“– De forma alguma; na verdade, eles nos fazem um grande favor. Porque lá ficam todos aqueles que são capazes de abandonar seus melhores amigos...”

Berta afagou a cabeça da menina, sentiu que ali o Bem e o Mal travavam um combate sem tréguas e disse para que fosse até a floresta e perguntasse à Natureza para que cidade devia ir.

– Porque, pelo que eu pressinto, nosso pequeno paraíso, encravado nas montanhas, está prestes a abandonar seus amigos.

– Você está errada, Berta. Você pertence a uma outra geração; o sangue dos malfeitores que antes povoavam Viscos está mais denso em suas veias que nas minhas. Os homens e as mulheres daqui têm dignidade. Se não têm dignidade, têm desconfiança mútua. Se não têm desconfiança mútua, têm medo.

– Tudo bem, eu estou errada. Mesmo assim, faça o que lhe digo, e vá escutar a Natureza.

Chantal partiu. E Berta se virou para o fantasma do marido, pedindo que ficasse tranquilo, era uma mulher adulta – mais que isso, era uma pessoa idosa, que não devia ser interrompida quando estava tentando dar um conselho a gente mais jovem. Já aprendera a cuidar de si mesma, e agora cuidava da aldeia.

O marido pediu-lhe que tomasse cuidado. Que não desse tantos conselhos à moça, porque ninguém sabia onde aquela história ia parar.

Berta ficou surpresa, pois achava que os mortos sabiam tudo – afinal, não fora ele mesmo quem a advertira que o perigo estava para chegar? Talvez estivesse ficando velho demais e começasse a ter outras manias além de querer tomar sopa com a mesma colher.

O marido disse que velha estava ela, porque os mortos conservam a mesma idade. E que, embora soubessem algumas coisas que os vivos não conheciam, precisavam de mais tempo para serem admitidos no lugar onde os anjos superiores vivem; ele ainda era um morto recente (não tinha nem quinze anos desde que deixara a Terra), com muita coisa para aprender, mesmo sabendo que já podia ajudar bastante.

Berta perguntou se o lugar dos anjos superiores era mais atraente e confortável. O marido disse que estava bem, que parasse de brincadeiras e concentrasse sua energia na salvação de Viscos. Não que isso lhe interessasse especialmente – afinal já estava morto, ninguém ainda havia mencionado para ele o tema da reencarnação (embora já tivesse escutado algumas conversas a respeito dessa possibilidade), e mesmo que a reencarnação fosse algo real, ele pretendia renascer num lugar que não conhecia. Mas gostaria que sua mulher tivesse calma e conforto durante os dias que lhe restavam neste mundo.

"Então não se preocupe", pensou Berta. O marido não aceitou o conselho; queria, de qualquer maneira, que ela fizesse alguma coisa. Se o Mal vence, nem que seja numa pequena e esquecida cidade de três ruas, uma praça e uma igreja, ele pode contagiar o vale, a região, o país, o continente, os mares, o mundo inteiro.

Embora tivesse 281 habitantes, sendo Chantal a mais jovem e Berta a mais velha, Viscos era controlada por meia dúzia de pessoas: a dona do hotel, responsável pelo bem-estar dos turistas, o padre, responsável pelas almas, o prefeito, responsável pelas leis da caça, a mulher do prefeito, responsável pelo prefeito e por suas decisões, o ferreiro, que tinha sido mordido pelo lobo maldito e conseguira sobreviver, e o dono da maior parte das terras em torno da cidade. Aliás, tinha sido ele quem vetara a construção do parque infantil, na crença – remota – de que Viscos voltaria a crescer e o local tinha uma localização excelente para a construção de uma casa de luxo.

Todos os outros habitantes de Viscos pouco se importavam com o que acontecia ou deixava de acontecer na cidade, porque tinham ovelhas, trigo e famílias para cuidar. Frequentavam o hotel, iam à missa, obedeciam às leis, consertavam seus instrumentos na ferraria e, vez por outra, compravam terra.

O dono das terras nunca frequentava o bar; soubera da história através da sua empregada, que estava ali naquela noite e saíra excitadíssima, comentando com suas amigas e com ele que o hóspede do hotel era um homem rico, quem sabe podia ter um filho com ele e obrigá-lo a dar-lhe parte de sua fortuna. Preocupado com o futuro, ou seja, com o fato de que a história da senhorita Prym podia se espalhar, afugentando caçadores e turistas, ele convocara uma reunião de emergência. Naquele momento, enquanto Chantal se dirigia para a floresta, o estrangeiro perdia-se em suas caminhadas misteriosas e Berta conversava com seu marido a respeito de tentar ou não salvar a cidade, o grupo reunia-se na sacristia da pequena igreja.

– A única coisa que temos que fazer é chamar a polícia – disse o dono das terras. – É claro que esse ouro não existe; acho que esse homem está tentando seduzir a minha empregada.

– Você não sabe o que está falando, porque não estava lá – respondeu o prefeito. – O ouro existe, a senhorita Prym não ia arriscar sua reputação sem uma prova concreta. Mas isso não muda nada; devemos chamar a polícia. O estrangeiro deve ser um bandido, alguém com a cabeça a prêmio, que está tentando esconder aqui o produto de seu roubo.

– Que tolice! – disse a mulher do prefeito. – Se fosse assim, ele procuraria ser mais discreto.

– Nada disso vem ao caso. Devemos chamar a polícia imediatamente.

Todos concordaram. O padre serviu um pouco de vinho, para que os ânimos serenassem. Começaram a combinar o que diriam à polícia, já que, realmente, não tinham qualquer prova contra o estrangeiro; era bem possível que tudo terminasse com a senhorita Prym sendo presa por incitar um crime.

– A única prova é o ouro. Sem o ouro, nada feito.

Claro. Mas onde estava o ouro? Só uma pessoa o havia visto, e ela não sabia onde estava escondido.

O padre sugeriu que formassem grupos de busca. A dona do hotel abriu a cortina da sacristia, que dava para o cemitério; mostrou as montanhas de um lado, o vale lá embaixo e montanhas do outro lado.

– Precisaríamos de cem homens, durante cem anos.

O dono das terras lamentou silenciosamente que o cemitério tivesse sido construído naquele lugar; a vista era linda, e os mortos não precisavam daquilo.

– Numa outra ocasião, quero conversar com o senhor a respeito do cemitério – disse para o padre. – Posso oferecer um lugar muito maior para os mortos, perto daqui, em troca deste terreno ao lado da igreja.

– Ninguém iria querer comprá-lo, para morar num lugar onde antes estavam os mortos.

– Talvez ninguém da cidade; mas existem turistas, loucos por casas de veraneio, e é só uma questão de pedir aos habitantes de Viscos que não comentem nada. Será mais dinheiro para a cidade, mais impostos para a prefeitura.

– O senhor tem razão. É só pedir a todos que não comentem nada. Não será difícil.

E, de repente, fez-se o silêncio. Um longo silêncio, que ninguém ousava quebrar. As duas mulheres ficaram olhando a vista, o padre passou a lustrar uma pequena imagem de bronze, o dono das terras serviu mais um gole de vinho, o ferreiro tirou e recolocou o cadarço de ambas as botas. O prefeito olhava a todo minuto o relógio, como que insinuando outros compromissos.

Mas ninguém se mexia; todos sabiam que a cidade de Viscos jamais comentaria nada se houvesse alguém interessado em comprar o terreno que abrigava o cemitério; fariam isso apenas pelo prazer de ver mais uma pessoa morando na cidade que ameaçava desaparecer. Sem ganhar um só tostão pelo silêncio.

Imaginem se ganhassem.

Imaginem se ganhassem dinheiro suficiente para o resto de suas vidas.

Imaginem se ganhassem dinheiro suficiente para o resto de suas vidas e da vida de seus filhos.

Naquele exato momento, um vento quente, absolutamente inesperado, soprou dentro da sacristia.

– Qual é a proposta? – disse o padre, depois de longos cinco minutos.

Todos se voltaram para ele.

– Se os habitantes realmente não disserem nada, acho que podemos seguir adiante nas negociações – respondeu o dono das terras, escolhendo cuidadosamente as palavras, de modo que pudesse ser mal interpretado ou bem interpretado, dependendo do ponto de vista.

– São pessoas boas, trabalhadoras, discretas – continuou a dona do hotel, utilizando o mesmo estratagema. – Hoje mesmo, por exemplo, quando o entregador de pão quis saber o que estava acontecendo, ninguém disse nada. Acho que podemos confiar neles.

De novo o silêncio. Só que dessa vez era um silêncio opressivo, impossível de disfarçar. Mesmo assim, o jogo continuou, e o ferreiro tomou a palavra:

– O problema não é a discrição dos habitantes, mas o fato de saber que é imoral, inaceitável, fazer isso.

– Fazer o quê?

– Vender uma terra sagrada.

Um suspiro de alívio percorreu a sala; agora podiam partir para a discussão moral, já que o lado prático tinha avançado bastante.

– Imoral é ver nossa Viscos decadente – disse a mulher do prefeito. – Ter consciência de que nós somos os últimos a viver aqui e que o sonho de nossos avós, dos ancestrais, de Ahab, dos celtas, vai terminar em alguns anos. Em breve também estaremos deixando a cidade, seja para um asilo, seja para implorar aos nossos filhos que cuidem de velhos doentes, estranhos, incapazes de se adaptar à cidade grande, saudosos daquilo que deixaram, tristes porque não souberam ter a dignidade de entregar para a próxima geração o presente que recebemos de nossos pais.

– Tem razão – continuou o ferreiro. – Imoral é a vida que levamos. Pois quando Viscos estiver quase em ruínas, estes campos serão simplesmente abandonados ou comprados por uma ninharia; máquinas chegarão, estradas melhores serão abertas. As casas vão ser demolidas, armazéns de aço substituirão aquilo que foi construído com o suor dos antepassados. O campo terá uma agricultura mecanizada, as pessoas virão durante o dia e retornarão de noite às suas casas, longe daqui. Que vergonha para a nossa geração; deixamos que nossos filhos partissem, fomos incapazes de conservá-los ao nosso lado.

– Precisamos salvar esta cidade de qualquer maneira – disse o dono das terras, que talvez fosse o único a lucrar com a decadência de Viscos, já que podia comprar tudo, antes de revender a qualquer grande indústria. Mas não estava interessado em entregar, a preço abaixo do mercado, terras que podiam conter uma fortuna enterrada.

– Algum comentário, senhor padre? – perguntou a dona do hotel.

– A única coisa que conheço bem é a minha religião, onde o sacrifício de uma só pessoa salvou toda a humanidade.

O silêncio desceu pela terceira vez, mas foi rápido.

– Preciso preparar-me para a missa de sábado – continuou. – Por que não nos encontramos no final da tarde?

Todos concordaram imediatamente, marcaram uma hora no final do dia, e pareciam ocupadíssimos, como se tivessem algo muito importante esperando.

Apenas o prefeito manteve a frieza:

– Muito interessante o que acaba de dizer, um excelente tema para um belo sermão. Creio que todos nós precisamos ir à missa hoje.

Chantal já não hesitava mais; dirigia-se à pedra em forma de Y pensando no que iria fazer assim que pegasse o ouro. Voltar até sua casa, pegar o dinheiro guardado ali, trocar a roupa por uma mais resistente, descer a estrada até o vale, pegar uma carona. Nada de apostas: aquele povo não merecia a fortuna que quase tiveram ao alcance das mãos. Nada de malas; não queria que soubessem que estava deixando Viscos para sempre – com suas belas mas inúteis histórias, seus habitantes covardes e gentis, seu bar sempre cheio de pessoas que só conversavam os mesmos assuntos, sua igreja que jamais frequentava. Claro, sempre havia a possibilidade de encontrar a polícia esperando por ela na estação de ônibus, o estrangeiro acusando-a de roubo, etc., etc., etc. Mas agora estava disposta a correr qualquer risco.

O ódio que sentira, meia hora antes, já se havia transmutado em um sentimento muito mais agradável: vingança.

Estava contente por ter sido ela quem, pela primeira vez, mostrava a todas aquelas pessoas a maldade escondida no fundo de suas almas ingênuas e falsamente bondosas. Todos estavam sonhando com a possibilidade de um crime – sonhando apenas, pois jamais fariam qualquer coisa. Dormiriam o resto de suas pobres vidas repetindo para si mesmos que eram nobres, incapazes de uma injustiça, dispostos a defender a dignidade da aldeia a qualquer custo, mas sabendo que só o terror os impedira de matar um inocente. Louvariam a si mesmos todas as manhãs pela integridade mantida, e se culpariam todas as noites pela oportunidade perdida.

Durante os próximos três meses o único assunto no bar seria a honestidade dos generosos homens e mulheres do vilarejo. Em seguida, chegaria a temporada de caça, e passariam um tempo sem tocar no assunto – pois os estrangeiros não precisavam saber de nada, gostavam de ter a impressão de que estavam num lugar remoto, onde todos eram amigos, o bem sempre imperava, a natureza era generosa e os produtos locais vendidos na pequena estante – que a dona do hotel chamava de "lojinha" – estavam impregnados desse amor desinteressado.

Mas a temporada de caça terminaria, e logo estariam livres para conversar de novo sobre o tema. Dessa vez, por causa das muitas tardes sonhando com o dinheiro perdido, começariam a imaginar hipóteses para a situação: por que ninguém tivera a coragem de, na calada da noite, matar a velha e inútil Berta em troca de dez barras de ouro? Por que não tinha havido um acidente de caça com o pastor Santiago que, todas as manhãs, levava seu rebanho para as montanhas? Várias hipóteses seriam consideradas, primeiro, com um certo pudor, e, logo, com raiva.

Um ano depois, estariam se odiando mutuamente – a cidade tivera sua chance e a deixara escapar. Perguntariam sobre a senhorita Prym, que desaparecera sem deixar vestígios, talvez carregando o ouro que vira o estrangeiro esconder. Comentariam o que havia de pior sobre ela, a órfã, a ingrata, a pobre moça que todos se esmeraram em ajudar depois que a avó morreu, que tinha conseguido um emprego no bar já que fora incapaz de arranjar um marido e sumir, que dormia com hóspedes do hotel, geralmente homens mais velhos que ela, que jogava olhares sedutores a todos os turistas, mendigando uma gorjeta extra.

Passariam o resto da vida entre a autopiedade e o ódio; Chantal estava feliz, essa era a sua vingança. Jamais iria esquecer os olhares daquelas pessoas em volta da furgoneta, implorando o seu silêncio por um crime que nunca ousariam cometer, para em seguida voltarem-se contra ela, como se fosse a culpada de que toda essa covardia finalmente viesse à tona.

"Casaco. A calça de couro. Visto duas camisetas, amarro o ouro na minha cintura. Casaco. A calça de couro. Casaco."

E ali estava ela, diante do Y rochoso. Ao lado, o galho que usara para escavar a terra dois dias antes. Saboreou por um momento o gesto que a transformaria, de uma pessoa honesta, em ladra.

Nada disso. O estrangeiro a provocara, e também estava recebendo o troco. Não estava roubando, mas cobrando seu salário por desempenhar o papel de porta-voz naquela comédia de mau gosto. Ela merecia o ouro – e muito mais – por ter visto os olhares de assassinos sem crime em torno da furgoneta, por ter passado a vida inteira ali, pelas três noites sem dormir, pela sua alma que agora estava perdida – se é que havia uma alma, e uma perdição.

Cavou a terra já fofa, e viu a barra. Quando a viu, também escutou algo.

Alguém a havia seguido. Automaticamente, jogou de novo um pouco de terra no buraco, sabendo da inutilidade do seu gesto. Depois se virou, pronta a explicar que estava procurando o tesouro, que sabia que o estrangeiro passeava por aquela trilha, e hoje notara que aquela terra tinha sido revirada.

O que viu, porém, a deixou sem voz – porque não estava interessado em tesouros, crises em aldeias, justiças e injustiças; apenas em sangue.

A marca branca na orelha esquerda. O lobo maldito.

Estava entre ela e a árvore mais próxima; impossível passar por ele. Chantal ficou absolutamente imóvel, hipnotizada pelos olhos azuis do animal; sua mente trabalhava em ritmo frenético, pensando qual seria o próximo passo – usar o galho, frágil demais para conter a investida do animal. Subir na pedra em forma de Y, baixa demais. Não acreditar na lenda e assustá-lo, como faria com qualquer outro lobo que aparecesse sozinho; arriscado demais, melhor achar que as lendas tinham sempre uma verdade escondida.

"Castigo."

Castigo injusto, como tudo que acontecera em sua vida; Deus parecia tê-la escolhido apenas para demonstrar seu ódio pelo mundo.

Instintivamente, colocou o galho no chão e, num movimento que lhe pareceu eterno de tão demorado, protegeu o pescoço com os braços; não podia deixar que ele a mordesse ali. Lamentou que não estivesse com a sua calça de couro; o segundo lugar mais arriscado seria a perna, onde passa uma veia que, uma vez rompida, a deixaria sem sangue em dez minutos – pelo menos era o que diziam os caçadores, justificando as botas de cano alto.

O lobo abriu a boca e rosnou. Um barulho surdo, perigoso, de quem não ameaça, apenas ataca. Ela manteve o olhar fixo em seus olhos, embora o coração disparasse, pois os dentes agora estavam à mostra.

Era tudo uma questão de tempo: ou ele atacava ou ia embora; mas Chantal sabia que ele iria atacar. Olhou o terreno, procurou alguma pedra solta que a fizesse escorregar, não viu nada. Decidiu partir em direção ao animal; seria mordida, correria com ele agarrado ao seu corpo até a árvore. Precisava ignorar a dor.

Pensou no ouro. Pensou que em breve voltaria para buscá-lo. Alimentou todas as esperanças possíveis, tudo que lhe desse qualquer tipo de força para enfrentar a carne sendo dilacerada pelos dentes afiados, o osso aparecendo, a possibilidade de cair e ser atacada no pescoço.

E preparou-se para correr.

Nesse minuto, como num filme, viu que alguém aparecia por detrás do lobo, embora a uma distância considerável.

O animal também farejou outra presença, mas não moveu a cabeça, e ela continuou a manter seu olhar fixo. Parecia que era justamente a força dos olhos que evitava o ataque, e não desejava correr mais nenhum risco; se alguém tinha aparecido, as chances de sobreviver aumentavam – mesmo que isso lhe custasse, no final, sua barra de ouro.

A presença por detrás do lobo abaixou-se silenciosamente e depois caminhou para a esquerda. Chantal sabia que ali havia outra árvore, fácil de escalar. E nesse momento uma pedra rasgou o céu, caindo perto do animal. O lobo voltou-se com uma agilidade nunca vista, disparando em direção à ameaça.

– Fuja! – gritou o estrangeiro.

Ela correu em direção ao seu único refúgio, enquanto o homem também subia na outra árvore, com uma agilidade incomum. Quando o lobo maldito chegou perto, ele já estava seguro.

O lobo começou a rosnar e a saltar, às vezes conseguindo subir em um pedaço de tronco, para escorregar logo em seguida.

– Arranque uns galhos! – gritou Chantal.

Mas o estrangeiro parecia estar numa espécie de transe. Ela insistiu duas, três vezes, até que ele entendesse o que pedia. Ele começou a arrancar os galhos e atirá-los contra o animal.

– Não faça isso! Arranque os galhos, junte-os e ponha fogo neles! Eu não tenho isqueiro, faça o que estou mandando!

Sua voz soava com o desespero de quem está numa situação extrema: o estrangeiro juntou os galhos, e demorou uma eternidade para atear fogo; a tempestade do dia anterior deixara tudo ensopado, e o sol não batia ali naquela época do ano.

Chantal esperou que as chamas do archote improvisado tivessem crescido o suficiente. Por ela, deixava-o ficar ali o resto do dia, enfrentar o medo que ele queria impor ao mundo, mas precisava sair, e era forçada a ajudá-lo.

– Agora mostre que é um homem – gritou. – Desça da árvore, segure firme o archote e mantenha o fogo na direção do lobo!

O estrangeiro estava paralisado.

– Faça isso! – gritou de novo, e o homem, ao ouvir sua voz, compreendeu toda a autoridade que se escondia por detrás de suas palavras: uma autoridade que vem do terror, da capacidade de reagir rápido, deixando o medo e o sofrimento para depois.

Desceu com o archote nas mãos, ignorando as fagulhas que, vez por outra, queimavam seu rosto. Viu de perto os dentes e a espuma na boca do animal, seu medo crescia, mas era preciso fazer algo – algo que devia ter feito quando sua mulher fora sequestrada, suas filhas, mortas.

– Não desvie seu olhar dos olhos do animal! – escutou a moça dizer.

Ele obedeceu. As coisas a cada instante ficavam mais fáceis, já não estava olhando as armas do inimigo, mas o próprio inimigo em si. Estavam em igualdade de condições, ambos eram capazes de provocar terror – um no outro.

Colocou os pés no chão. O lobo recuara, assustado com o fogo; continuava a rosnar e saltar, mas não chegava perto.

– Ataque-o!

Ele avançou em direção ao animal, que rosnou mais forte que nunca, mostrou os dentes, mas recuou mais ainda.

– Persiga-o! Afaste-o daqui!

O fogo agora estava mais alto, mas o estrangeiro notou que, em breve, estaria queimando suas mãos; não tinha muito tempo. Sem pensar muito, e mantendo o olhar fixo naqueles sinistros olhos azuis, correu em direção ao lobo; este deixou de rosnar e saltar, deu meia-volta e embrenhou-se de novo na floresta.

Chantal desceu da árvore num piscar de olhos. Em pouquíssimo tempo havia colhido um punhado de gravetos no chão e feito o seu próprio archote.

– Vamos embora daqui. Rápido.

– Para onde?

Para onde? Para Viscos, onde todos veriam os dois chegando juntos? Para outra armadilha, onde o fogo não produzia qualquer efeito? Ela deixou-se cair no chão, uma dor imensa nas costas, o coração disparado.

– Faça uma fogueira – disse para o estrangeiro. – Deixe-me pensar.

Tentou mover-se, e deu um grito – era como se tivesse um punhal cravado em seu ombro. O estrangeiro juntou folhas, galhos, e fez a fogueira. A cada movimento, Chantal contorcia-se de dor e deixava escapar um gemido surdo; devia ter se machucado seriamente enquanto subia na árvore.

– Não se preocupe, você não quebrou nenhum osso – disse o estrangeiro, ao vê-la gemer de dor. – Já tive isso antes. Quando o organismo chega a um extremo de tensão, os músculos se contraem e nos pregam essa peça. Deixe-me massageá-la.

– Não me toque. Não se aproxime. Não converse comigo.

Dor, medo, vergonha. Com toda certeza ele estava ali quando desenterrara o ouro; ele sabia – porque o demônio era seu companheiro, e os demônios conhecem a alma das pessoas – que dessa vez Chantal iria roubá-lo.

Como também sabia que, nesse instante, a cidade inteira estava sonhando em cometer o crime. Como sabia que não fariam nada, porque tinham medo, mas a intenção era o bastante para responder à sua pergunta: o ser humano é essencialmente mau. Como sabia que ela iria fugir, a aposta que os dois fizeram na noite anterior já não significava mais nada, ele poderia voltar de onde veio (afinal, de onde veio?), com seu tesouro intacto e suas suspeitas confirmadas.

Tentou sentar-se na posição mais confortável possível, mas não havia nenhuma; restava ficar imóvel. O fogo iria manter o lobo distante, mas em breve chamaria a atenção dos pastores que caminhavam por ali. E os dois seriam vistos juntos.

Lembrou-se de que era um sábado. As pessoas estavam nas suas casas cheias de bibelôs horríveis, reproduções de quadros famosos pregadas na parede, imagens de santos feitas de gesso, tentando distrair-se – e, naquele fim de semana, tinham a melhor distração desde que a Segunda Guerra Mundial terminara.

– Não converse comigo.

– Eu não disse nada.

Chantal pensou em chorar, mas não queria fazê-lo diante dele. Controlou as lágrimas.

– Salvei sua vida. Mereço o ouro.

– Eu salvei sua vida. O lobo iria atacá-la.

Era verdade.

– Por outro lado, acho que salvou algo dentro de mim – continuou o estrangeiro.

Um truque. Ia fingir que não havia percebido; aquilo era uma espécie de permissão para pegar sua fortuna, ir embora dali para sempre e ponto final.

– A aposta de ontem. Minha dor era tão grande que eu precisava fazer com que todos sofressem igual a mim; seria o meu único consolo. Você tem razão.

O demônio do estrangeiro não estava gostando do que ouvia. Pediu ao demônio de Chantal que o ajudasse, mas este era um recém-chegado, e ainda não tinha total controle sobre a moça.

– Isso muda alguma coisa?

– Nada. A aposta continua, e sei que vou ganhar. Mas entendo o miserável que sou, assim como entendo por que me tornei miserável: porque acho que não merecia o que me aconteceu.

Chantal perguntou a si mesma como sairiam dali; embora ainda fosse de manhã, não podiam ficar por lá indefinidamente.

– Pois eu acho que mereço o meu ouro, e vou pegá-lo, a não ser que você me impeça – disse ela. – Aconselho-o a fazer a mesma coisa; nenhum de nós precisa retornar a Viscos; podemos ir direto para o vale, pegar uma carona, e cada um segue o seu destino.

– Você pode ir. Mas, neste momento, os habitantes da cidade estão decidindo quem vai morrer.

– Pode ser. Ficarão decidindo isso pelos próximos dois dias, até que o prazo se esgote; em seguida, passarão dois anos discutindo quem devia ter sido a vítima. São indecisos na hora de agir e implacáveis na hora de culpar os outros – eu conheço minha aldeia. Se você não voltar, eles nem sequer se darão ao trabalho de discutir; vão achar que foi tudo uma invenção minha.

– Viscos é igual a qualquer outra aldeia do mundo, e tudo que se passa nela se passa em todos os continentes, cidades, acampamentos, conventos, não importa onde. Mas você não entende disso, como não entende que dessa vez o destino trabalhou a meu favor: escolhi a pessoa certa para me ajudar.

"Alguém que, por detrás da aparência de mulher trabalhadora e honesta, também quer vingar-se. Como não podemos ver o inimigo – porque, se levarmos esta história até o fundo, o verdadeiro inimigo é Deus, que nos fez passar pelo que passamos –, descontamos nossas frustrações em tudo que nos cerca. Uma vingança que nunca é saciada, porque se dirige contra a própria vida."

– O que estamos conversando aqui? – disse Chantal, irritada porque aquele homem, a pessoa que mais odiava no mundo, conhecia muito bem a sua alma. – Por que não pegamos o dinheiro e partimos?

– Porque ontem me dei conta de que, ao propor aquilo que mais me repugna – um assassinato sem motivo, como aconteceu com minha mulher e minhas filhas –, na verdade eu estava querendo me salvar. Lembra-se de um filósofo que citei em nossa segunda conversa? Aquele que dizia que o inferno de Deus é justamente seu amor pelos homens, porque a atitude humana O atormenta a cada segundo de Sua vida eterna?

"Pois bem, esse mesmo filósofo disse outra coisa: *O homem precisa daquilo que em si há de pior, para alcançar o que nele existe de melhor.*"

– Não entendo.

– Antes eu apenas pensava em me vingar. Como os habitantes de sua aldeia, eu sonhava, planejava dia e noite e não fazia nada. Por algum tempo acompanhei, através da imprensa, pessoas que tinham perdido seus entes queridos em situações semelhantes e terminaram agindo de maneira exatamente oposta à minha: criaram grupos de apoio às vítimas, entidades para denunciar injustiças, campanhas para mostrar que a dor da perda nunca pode ser substituída pelo fardo da vingança.

"Tentei, eu também, olhar as coisas através de um ângulo mais generoso: não consegui. Mas agora que tomei coragem, que cheguei a este extremo, descobri, lá no fundo, uma luz."

– Continue – disse Chantal, porque também ela estava vendo algum tipo de luz.

– Não estou querendo provar que a humanidade é perversa. Estou querendo, isso sim, provar que eu inconscientemente pedi as coisas que me aconteceram – porque sou mau, um homem totalmente degenerado, e mereci o castigo que a vida me impôs.

– Você está querendo provar que Deus é justo.

O estrangeiro pensou um pouco.

– Pode ser.

– Não sei se Deus é justo. Pelo menos, Ele não tem sido muito correto comigo, e o que tem me destruído a alma é esta sensação de impotência. Não consigo ser boa como desejaria ser, nem má como acho que preciso. Há poucos minutos pensava que Ele havia me escolhido para vingar-se de toda a tristeza que os homens Lhe causam.

"Penso que você tem as mesmas dúvidas, embora numa escala muito maior: sua bondade não foi recompensada."

Chantal surpreendia-se com suas próprias palavras. O demônio do estrangeiro notava que o anjo da moça começava a brilhar com mais intensidade, e as coisas estavam se invertendo por completo.

"Reaja", insistia com o outro demônio.

"Estou reagindo", ele respondia. "Mas a batalha é dura."

– Seu problema não é exatamente a justiça de Deus – disse o homem. – Mas o fato de que sempre escolheu ser uma vítima das circunstâncias. Conheço muita gente nessa situação.

– Como você, por exemplo.

– Não. Eu me revoltei contra algo que me aconteceu, e pouco me importa se as pessoas gostam ou não das minhas atitudes. Você, ao contrário, acreditou no papel de órfã, desamparada, alguém que deseja ser aceita a qualquer custo; como isso nem sempre acontece, sua necessidade de ser amada se transforma num desejo surdo de vingança. No fundo, você gostaria de ser como os outros habitantes de Viscos – aliás, no fundo, todos nós desejamos ser igual aos outros. Mas o destino lhe deu uma história diferente.

Chantal fez um sinal negativo com a cabeça.

"Faça alguma coisa", dizia o demônio de Chantal para o seu companheiro. "Embora ela diga que não, sua alma está entendendo, e está dizendo que sim."

O demônio do estrangeiro estava sentindo-se humilhado, porque o recém-chegado notava que não era forte o suficiente para fazer com que o homem se calasse.

"Palavras não levam a lugar nenhum", respondeu. "Deixemos que falem, pois a vida se encarregará de fazê-los agir de maneira diferente."

– Não queria interrompê-la – continuou o estrangeiro. – Por favor, continue o que estava dizendo a respeito da justiça de Deus.

Chantal ficou contente de não precisar mais escutar aquilo que não desejava ouvir.

– Não sei se faz sentido. Mas você deve ter notado que Viscos não é uma cidade muito religiosa, embora tenha uma igreja, como todas as cidades da região. Justamente porque Ahab, embora convertido por São Savin, tinha sérias dúvidas sobre a influência dos padres; como a maior parte dos primeiros habitantes eram bandidos, achava que tudo que os sacerdotes fariam era conduzi-los de volta ao crime, com suas ameaças de tormento eterno. Homens que não têm nada a perder jamais pensam na vida eterna.

"Claro que o primeiro padre apareceu, e logo Ahab percebeu a ameaça. Para compensá-la, instituiu algo que aprendera com os judeus: o dia do perdão. Só que resolveu criar um ritual à sua maneira.

"Uma vez por ano, os habitantes trancavam-se em suas casas, faziam duas listas, voltavam-se em direção à montanha mais alta e levantavam a primeira lista para o céu.

"– Eis aqui, Senhor, os meus pecados para contigo – diziam, lendo a relação de faltas que haviam cometido. Trapaças nos negócios, adultérios, injustiças, coisas do gênero. – Pequei muito, e Te peço perdão por tê-Lo ofendido tanto.

"Em seguida – e aí residia a invenção de Ahab –, os habitantes tiravam a segunda lista do bolso, também a levantavam para o céu, com o corpo voltado em direção à mesma montanha. E diziam alguma coisa como: 'Entretanto, eis aqui, Senhor, a lista dos Teus pecados para comigo: me fizeste trabalhar além do necessário, minha filha caiu doente apesar das minhas preces, fui roubado quando tentei ser honesto, sofri além do necessário.'

"Terminada a leitura da segunda lista, eles completavam o ritual: – Eu fui injusto para Contigo e Tu foste injusto comigo. Entretanto, como hoje é o dia do perdão, Tu irás esquecer minhas faltas, eu esquecerei as Tuas e poderemos continuar juntos por mais um ano."

– Perdoar Deus – disse o estrangeiro. – Perdoar um Deus implacável que constrói e destrói o tempo inteiro.

– Essa nossa conversa está íntima demais para o meu gosto – disse Chantal, olhando em outra direção. – Não aprendi tanto da vida para que possa ensinar-lhe algo.

O estrangeiro permaneceu em silêncio.

"Não estou gostando nada", pensou o demônio do estrangeiro, que já começava a ver uma luz brilhando ao seu lado, uma presença que, de maneira nenhuma, ia admitir ali. Já havia afastado essa luz dois anos atrás, numa das muitas praias do mundo.

Por causa do excesso de lendas, de influências de celtas e protestantes, de alguns péssimos exemplos do tal árabe que pacificara aquela cidade, da constante presença de santos e bandidos nas redondezas, o padre sabia que Viscos não era exatamente uma cidade religiosa, embora seus habitantes frequentassem os batizados e casamentos (que hoje em dia eram apenas uma lembrança remota), funerais (que, acreditava-se, aconteciam com frequência cada vez maior), e a missa de Natal. De resto, poucas pessoas davam-se ao trabalho de ir às duas missas semanais – uma no sábado, outra no domingo, ambas às onze horas da manhã; mesmo assim, ele fazia questão de rezá-las, nem que fosse para justificar sua presença ali. Queria dar a impressão de um homem santo e ocupado.

Para sua surpresa, a igreja naquele dia estava tão cheia que ele resolveu permitir que algumas pessoas ficassem em volta do altar – ou não caberia todo mundo. Em vez de ligar os aquecedores elétricos que pendiam do teto, foi obrigado a pedir que abrissem as duas pequenas janelas laterais, já que as pessoas suavam; o padre perguntava a si mesmo se aquele suor era devido ao calor ou à tensão que reinava no ambiente.

A aldeia em peso estava ali, exceto pela senhorita Prym – talvez envergonhada por ter dito o que dissera no dia anterior – e a velha Berta, que todos suspeitavam ser uma bruxa alérgica à religião.

– Em nome do Pai, do Filho e do Espírito Santo.

Um "Amém" forte ecoou. O padre começou a liturgia, disse a introdução, mandou a beata de sempre fazer a leitura, entoou solenemente o salmo responsorial e recitou o Evangelho com uma voz pausada e severa. Em seguida, pediu aos que estavam nos bancos que sentassem, enquanto o restante permaneceu de pé.

Era chegada a hora do sermão.

– No Evangelho de Lucas, há um momento em que um homem importante aproxima-se de Jesus e lhe pergunta: *Bom Mestre, que farei para herdar a vida eterna?* E, para nossa surpresa, Jesus responde: *Por que me chamas bom? Ninguém é bom, senão um só, que é Deus.*

"Durante muitos anos, eu me debrucei sobre esse pequeno fragmento de texto, tentando entender o que disse Nosso Senhor: que Ele não era bom? Que todo cristianismo, com sua ideia de caridade, está baseado nos ensinamentos de alguém que se considerava mau? Até que finalmente entendi: Cristo, nesse momento, se refere à sua natureza humana; enquanto homem, ele é mau. Enquanto Deus, ele é bom."

O padre fez uma pausa, esperando que os fiéis entendessem o recado. Estava mentindo para si mesmo: continuava sem entender o que Cristo dissera, pois – se na sua natureza humana era mau, suas palavras e seus gestos também o seriam. Mas isso era uma discussão teológica que não interessava agora; o importante era que sua explicação fora convincente.

– Não vou me estender muito hoje. Quero que todos vocês compreendam que faz parte do ser humano aceitar que temos uma natureza inferior, perversa, e só não fomos condenados por isso ao castigo eterno porque Jesus deixou-se sacrificar para salvar a humanidade. Repito: o sacrifício do filho de Deus nos salvou. O sacrifício de uma só pessoa.

"Quero encerrar este sermão lembrando o começo de um dos livros sagrados que compõem a Bíblia, o Livro de Jó. Deus está no seu trono celeste quando o demônio vai conversar com Ele. Deus pergunta onde ele esteve: 'Venho de um grande passeio no mundo', responde o demônio.

"'Então, viste o meu servo Jó? Viste como ele me adora, e faz todos os seus sacrifícios?'

"O demônio ri e argumenta: 'Afinal de contas, Jó tem tudo, por que não iria adorar a Deus e fazer sacrifícios? Tira o bem que lhe deste e vamos ver se ele continua adorando o Senhor' – desafia."

"Deus aceita a aposta. Ano após ano, castiga aquele que mais O amava. Jó está diante de um poder que não compreende, que julgava ser a Suprema Justiça, mas que vai lhe tirando o gado, matando os filhos, enchendo seu corpo de chagas. Até que, depois de sofrer muito, Jó revolta-se e blasfema contra o Senhor. Só nesse momento Deus lhe devolve aquilo que lhe havia tirado.

"Há anos temos assistido à decadência desta cidade; penso agora se isso não é fruto de um castigo divino, justamente porque sempre aceitamos tudo que nos é dado sem reclamar, como se merecêssemos perder o lugar que habitamos, os campos em que cultivamos o trigo e criamos as ovelhas, as casas que foram erguidas com os sonhos dos ancestrais. Será que não é chegado o momento de nos rebelarmos? Se Deus obrigou Jó a fazer isso, não estará também nos pedindo a mesma coisa?

"Por que Deus obrigou Jó a fazer isso? Para provar que sua natureza era má e tudo que lhe concedia era pela graça, não pelo seu bom comportamento. Nós temos pecado pelo orgulho de nos acharmos bons demais – e daí o castigo que sofremos.

"Deus aceitou a aposta do demônio e – aparentemente – cometeu uma injustiça. Lembrem-se bem: Deus aceitou a aposta do demônio. E Jó aprendeu a lição, porque, como nós, pecava pelo orgulho de acreditar ser um homem bom.

"'*Ninguém é bom*', diz o Senhor. Ninguém. Chega de ficar fingindo uma bondade que ofende a Deus, e aceitemos nossas faltas;

se algum dia for preciso aceitar uma aposta do demônio, lembremos que o Senhor, que está nos Céus, fez isso para salvar a alma do seu servo Jó."

O sermão havia terminado. O padre pediu para que todos ficassem de pé, e continuou o ofício religioso. Não tinha dúvidas de que o recado havia sido bem compreendido.

– Vamos embora. Cada um para o seu lado, eu com a minha barra de ouro, você...

– A minha barra de ouro – interrompeu o estrangeiro.

– Para você, basta pegar suas coisas e sumir. Se eu não tiver esse ouro, terei que voltar a Viscos. Serei despedida, ou estigmatizada por toda a população. Vão achar que menti. Você não pode, simplesmente não pode fazer isso comigo. Diga que eu mereci esse pagamento pelo meu trabalho.

O estrangeiro levantou-se, pegou alguns galhos que ardiam na fogueira:

– O lobo sempre fugirá do fogo, não é verdade? Pois eu estou indo para Viscos. Faça o que achar melhor, roube e fuja, isso não é mais comigo. Tenho outra coisa importante a fazer.

– Um momento! Não me deixe aqui sozinha!

– Venha comigo, então.

Chantal olhou a fogueira diante de si, a pedra em forma de Y, o estrangeiro que já se afastava carregando parte do fogo consigo. Podia fazer a mesma coisa: pegar alguns galhos da fogueira, desencavar o ouro e ir direto para o vale; não tinha a menor importância voltar em casa e pegar os trocados que guardara com tanto cuidado. Quando chegasse à cidade que se encontrava no final do vale, pediria ao banco que avaliasse o ouro, venderia, compraria roupas e malas, estaria livre.

– Espere! – gritou para o estrangeiro, mas ele continuava a caminhar em direção a Viscos, e logo o perderia de vista.

"Pense rápido", pedia a si mesma.

Não tinha muito o que pensar. Ela também pegou alguns galhos da fogueira, foi até a pedra e tornou a desenterrar o ouro. Pegou-o, limpou-o com o vestido, contemplou-o pela terceira vez.

Foi tomada de pânico. Agarrou um punhado de lenha da fogueira e correu em direção ao caminho que o estrangeiro devia estar percorrendo, o ódio transpirando por todos os seus poros. Encontrara dois lobos no mesmo dia, um que se assustava com fogo, outro que não se assustava com mais nada, porque já perdera tudo que era importante, e agora avançava, cegamente, para destruir o que estivesse diante dele.

Correu o mais que pôde, mas não o encontrou. Ele devia estar na floresta, a essa hora já com o archote apagado, desafiando o lobo maldito; querendo morrer com tanta intensidade quanto queria matar.

Chegou à cidade, fingiu que não escutou o chamado de Berta, cruzou com a multidão que saía da missa e estranhou o fato de que praticamente toda a aldeia fora à igreja. O estrangeiro queria um crime, e terminara por encher a agenda do padre; seria uma semana de confissões e arrependimentos, como se pudessem enganar a Deus.

Todos a olharam, mas ninguém lhe dirigiu a palavra. Ela sustentou cada um dos olhares, porque sabia que não tinha qualquer tipo de culpa, não precisava se confessar, era apenas um instrumento num jogo maligno, que compreendia aos poucos – e não gostava nada do que estava vendo.

Trancou-se no quarto e olhou pela janela. A multidão já se havia dispersado, e de novo algo estranho se passava; a aldeia estava muito deserta para um sábado de sol como aquele. Geralmente as pessoas ficavam conversando em pequenos grupos na praça, onde antes estivera uma forca e agora estava a cruz.

Ficou algum tempo olhando a rua vazia, sentindo em seu rosto o sol que não esquentava, porque o inverno estava começando. Se as pessoas estivessem na praça, estariam justamente discutindo sobre isso – o tempo. A temperatura. A ameaça de chuva ou de seca. Mas hoje elas estavam em suas casas, e Chantal não sabia por quê.

Quanto mais olhava a rua, mais se sentia igual a todas aquelas pessoas – justamente ela, que se julgava diferente, ousada, cheia de planos que nunca haviam passado pela cabeça daqueles camponeses.

Que vergonha! E, ao mesmo tempo, que alívio!; estava em Viscos não por uma injustiça do destino, mas porque merecia, sempre se achara diferente, e agora se descobria igual. Já havia desenterrado três vezes aquela barra, mas fora incapaz de trazê-la consigo. Cometia o crime na alma, mas não conseguia materializá-lo no mundo real.

Embora soubesse que, na verdade, não deveria cometê-lo de nenhuma maneira, porque aquilo não era uma tentação, era uma armadilha.

"Por que uma armadilha?", pensou. Algo lhe dizia que havia visto na barra a solução para o problema que o estrangeiro criara. Mas, por mais que se esforçasse, não conseguia descobrir qual era essa solução.

O recém-chegado demônio olhou para o lado, e viu que a luz da senhorita Prym, antes ameaçando crescer, agora já estava de novo quase desaparecendo; pena que o seu companheiro não estivesse ali para ver sua vitória.

O que ele não sabia era que os anjos também têm sua estratégia: nesse momento, a luz da senhorita Prym havia se ocultado apenas para não despertar a reação de seu inimigo. Tudo que seu anjo precisava era que ela dormisse um pouco, para poder conversar com sua alma sem a interferência dos medos e culpas que os seres humanos adoram carregar todos os dias.

Chantal dormiu. E escutou o que precisava escutar, entendeu o que era necessário entender.

– Não precisamos ficar falando de terrenos ou de cemitérios – disse a mulher do prefeito, assim que tornaram a se encontrar na sacristia. – Vamos ser claros.

Os outros cinco concordaram.

– O senhor padre me convenceu – disse o dono das terras. – Deus justifica certos atos.

– Não seja cínico – respondeu o padre. – Quando olhamos por aquela janela, entendemos tudo. Por isso o vento quente soprou; o demônio veio nos fazer companhia.

– Sim – concordou o prefeito, que não acreditava em demônios. – Todos nós já estávamos convencidos. É melhor falar claro, ou perderemos um tempo precioso.

– Eu tomo a palavra – disse a dona do hotel. – Estamos pensando em aceitar a proposta do estrangeiro. Cometer um crime.

– Oferecer um sacrifício – disse o padre, mais acostumado com os rituais religiosos.

O silêncio que se seguiu mostrou que todos estavam de acordo.

– Só os covardes se escondem atrás do silêncio. Vamos rezar em voz alta, para que Deus nos escute, e saiba que fazemos isso pelo bem de Viscos. Ajoelhem-se.

Todos se ajoelharam a contragosto, sabendo que era inútil pedir perdão a Deus por um pecado que cometiam com plena consciência do mal que estavam causando. Mas lembraram-se do dia do perdão, de Ahab; em breve, quando esse dia de novo chegasse, iriam acusar Deus de tê-los colocado diante de uma tentação tão difícil de suportar.

O padre pediu que rezassem em conjunto:

– Senhor, Tu disseste que ninguém é bom; aceita-nos com as nossas imperfeições e perdoa-nos em Tua infinita generosidade e em Teu infinito amor. Assim como perdoaste os cruzados que mataram os muçulmanos para reconquistar a Terra Santa de Jerusalém, assim como perdoaste os Inquisidores que queriam conservar a pureza da Tua Igreja, assim como perdoaste aqueles que Te injuriaram e Te cravaram na cruz, perdoa-nos porque precisamos oferecer um sacrifício e salvar uma cidade.

– Vamos agora ao lado prático – falou a mulher do prefeito, levantando-se. – Quem será oferecido em holocausto. E quem executará o sacrifício.

– Uma moça que tanto ajudamos e apoiamos trouxe o demônio para este lugar – disse o dono das terras, que num passado não muito remoto dormira justamente com essa moça, e desde então vivia atormentado com a possibilidade de que um dia ela contasse o ocorrido para sua mulher. – O mal se combate com o mal, e ela precisa ser punida.

Duas pessoas concordaram, alegando que, além disso, a senhorita Prym era a única pessoa da aldeia em quem não podiam confiar – pois se julgava diferente dos demais e vivia dizendo que iria embora um dia.

– Sua mãe morreu. Sua avó morreu. Ninguém notará a sua falta – concordou o prefeito, tornando-se a terceira pessoa a aprovar a ideia.

Sua mulher, porém, foi contra:

– Suponhamos que ela saiba onde está o tesouro; afinal de contas, foi a única que o viu. Além do mais, podemos confiar nela justamente pelo que foi dito aqui – foi ela quem trouxe o mal, que induziu todo um povoado a pensar em um crime. Pode dizer o que quiser; se o resto da aldeia ficar em silêncio, será a palavra de uma jovem cheia de problemas contra a de todos nós, pessoas que conseguiram algo na vida.

O prefeito ficou inseguro, como sempre ficava quando a mulher emitia sua opinião:

– Por que deseja salvá-la, se não gosta dela?

– Eu entendo – disse o padre. – Para que a culpa caia na cabeça de quem provocou a tragédia. Ela irá carregar esse fardo pelo resto de seus dias e noites; talvez acabe como Judas, que traiu Jesus Cristo e depois se suicidou, num gesto desesperado e inútil, já que criara todas as condições favoráveis para o crime.

A mulher do prefeito ficou surpresa com o raciocínio do padre – era exatamente aquilo que havia pensado. A moça era bela, tentava os homens, não aceitava uma vida igual a todos os de Viscos, estava sempre reclamando pelo fato de morar numa aldeia que, apesar de todos os seus defeitos, tinha habitantes trabalhadores e honestos, e onde muitas pessoas adorariam passar suas vidas (estrangeiros, claro, que logo partiriam depois de descobrir como é aborrecido viver constantemente em paz).

– Não vejo outra pessoa – disse a dona do hotel, consciente do problema que iria lhe trazer encontrar alguém para servir no bar, mas entendendo que, com o ouro recebido, podia fechar o hotel e ir para longe. – Os camponeses e pastores são unidos, alguns estão casados, muitos têm filhos longe daqui, e um dia podem suspeitar se algo acontecer com um deles. A senhorita Prym é a única que pode desaparecer sem deixar traços.

Por motivos religiosos – afinal, Jesus amaldiçoava os que acusavam um inocente –, o padre não queria apontar ninguém. Mas sabia quem era a vítima, e devia fazer com que todos descobrissem.

– Os habitantes de Viscos trabalham de sol a sol, de chuva a chuva. Todos têm uma tarefa a cumprir, inclusive esta pobre coitada, que o demônio resolveu usar para os seus propósitos malignos. Já somos poucos, e não podemos nos dar ao luxo de perder mais um par de braços.

– Então, senhor padre, não temos vítima. Precisamos torcer para que apareça outro estrangeiro esta noite, e mesmo assim seria arriscado, pois seguramente terá uma família que o buscará até nos confins do mundo. Em Viscos todos os pares de braços trabalham, ganham com muito esforço o pão trazido pela furgoneta.

– Vocês têm razão – disse o padre. – Talvez tudo que tenhamos vivido desde a noite de ontem seja apenas uma ilusão. Todos nesta cidade têm alguém para sentir sua falta, e ninguém aceitará que seu ente querido seja tocado. Apenas três pessoas dormem sozinhas: eu, a senhora Berta e a senhorita Prym.

– O senhor está se oferecendo em sacrifício?

– Tudo pelo bem da cidade.

As outras cinco pessoas ali ficaram aliviadas; perceberam de repente que era um sábado de sol, que não haveria mais crime, apenas um martírio. A tensão na sacristia desapareceu como por encanto, e a dona do hotel sentiu impulso de beijar os pés daquele santo.

– Exceto por uma coisa – continuou o padre. – Vocês precisam convencer a todos que matar um ministro de Deus não é pecado mortal.

– O senhor explicará isso a Viscos! – disse o prefeito animado, já pensando nas várias reformas que ia fazer com o dinheiro, a publicidade que iria colocar nos jornais da região, atraindo novos investimentos porque os impostos haviam caído, chamando turistas porque iria subvencionar algumas reformas no hotel, mandando instalar um novo cabo telefônico que não desse os mesmos problemas do atual sistema.

– Não posso fazer isso – disse o padre. – Os mártires se ofereciam quando o povo os queria matar. Mas jamais provocavam a própria morte, pois a Igreja sempre disse que a vida é um dom de Deus. Vocês explicam.

– Ninguém vai acreditar. Vão achar que somos assassinos da pior espécie, que matamos um homem santo por dinheiro, assim como Judas fez com Cristo.

O padre deu de ombros. De novo parecia que o sol tinha desaparecido, e a tensão retornava à sacristia.

– Neste caso, só resta a senhora Berta – comentou o dono das terras.

Depois de uma longa pausa, foi a vez de o padre falar:

– Aquela mulher deve sofrer muito com a ausência do marido: vive sentada ali fora, durante todos estes anos, enfrentando as intempéries e o tédio. Não faz nada além de sentir saudade, e penso que a pobre coitada está enlouquecendo lentamente: muitas vezes já passei por lá e a vi falando sozinha.

De novo um vento soprou, muito rápido, e as pessoas ali dentro se assustaram, porque as janelas estavam fechadas.

– Sua vida tem sido muito triste – continuou a dona do hotel. – Creio que ela daria tudo para poder juntar-se logo ao seu bem-amado. Foram casados durante quarenta anos, vocês sabiam?

Todos sabiam, mas não vinha ao caso.

– Uma mulher já velha, no final de sua vida – acrescentou o dono das terras. – A única, nesta cidade, que não faz nada de importante. Uma vez perguntei por que ficava sempre do lado de fora de casa, mesmo durante o inverno; sabem o que me respondeu? Que vigiava a cidade, de modo que percebesse o dia em que o Mal chegasse até aqui.

– Bem, pelo visto não desempenhou bem o seu trabalho.

– Ao contrário – disse o padre. – Pelo que estou entendendo da conversa de vocês, quem deixou o Mal entrar é quem deve fazê-lo partir.

Mais uma vez o silêncio, e todos entenderam que a vítima já estava escolhida.

– Agora só falta um último detalhe – a mulher do prefeito

comentou. – Já sabemos quando o sacrifício será oferecido em nome do bem-estar do povo. Já sabemos quem; através desse sacrifício, uma boa alma subirá aos Céus e tornará a ser feliz, em vez de ficar sofrendo nesta terra. Resta saber como faremos isso.

– Veja se consegue falar com todos os homens da cidade – disse o padre para o prefeito – e convoque um encontro na praça para as nove horas da noite. Eu acho que sei como; um pouco antes das nove, passe aqui para conversarmos a sós.

Antes que todos saíssem, ele pediu que, enquanto a reunião transcorria, as duas mulheres presentes fossem até a casa de Berta e ficassem conversando com ela. Embora a velha nunca saísse de noite, qualquer precaução era bem-vinda.

Chantal chegou ao bar à hora marcada. Não havia ninguém.

– Tem uma reunião hoje à noite na praça – comentou a dona do hotel. – Só para homens.

Não precisava dizer mais nada. Ela já sabia o que estava acontecendo.

– Você viu mesmo o ouro?

– Vi. Mas vocês deviam pedir que o estrangeiro o trouxesse até aqui. Pode ser que, depois de conseguir o que quer, resolva desaparecer.

– Ele não é louco.

– Ele é louco.

A dona do hotel achou que realmente era uma boa ideia. Subiu até o quarto do estrangeiro e desceu minutos depois.

– Ele concordou. Diz que está escondido na floresta, e o trará amanhã.

– Acho que não preciso trabalhar hoje.

– Precisa. Faz parte do seu contrato.

Ela não sabia como abordar o assunto que haviam discutido naquela tarde, mas era importante conhecer a reação da moça.

– Estou chocada com tudo isso – disse a dona do hotel. – Ao mesmo tempo, entendo que talvez as pessoas necessitem pensar duas, dez vezes, sobre o que devem fazer.

– Podem pensar vinte, duzentas vezes, e não vão ter coragem.

– Pode ser. Mas, se decidissem agir, o que você faria?

A mulher estava querendo saber sua reação, e Chantal deu-se

conta de que o estrangeiro estava bem mais próximo da verdade do que ela mesma, que morava há tanto tempo em Viscos. Reunião na praça! Pena que a forca tivesse sido desmontada.

– O que você faria? – insistiu a mulher.

– Não vou responder a essa pergunta – disse, embora soubesse exatamente o que faria. – Vou dizer apenas que o Mal nunca traz o Bem. Eu mesma experimentei isso esta tarde.

A dona do hotel não estava a fim de ver sua autoridade desrespeitada, mas achou prudente não discutir com a moça e criar uma inimizade que podia trazer problemas no futuro. Disse que precisava colocar a contabilidade em dia (uma desculpa que logo descobriu ser absurda, já que só tinha um hóspede no hotel) e deixou-a sozinha no bar. Estava tranquila; a senhorita Prym não demonstrava qualquer tipo de revolta, mesmo depois que mencionara a reunião na praça, mostrando dessa maneira que algo diferente estava se passando em Viscos. Aquela moça também precisava muito de dinheiro, tinha toda uma vida pela frente, na certa gostaria de seguir os passos de seus amigos de infância, que já tinham ido embora.

E, se não estava disposta a cooperar, pelo menos não parecia querer interferir.

O padre jantou uma refeição frugal, e sentou-se, sozinho, num dos bancos da igreja. O prefeito iria chegar dentro de poucos minutos.

Contemplou as paredes caiadas de branco, o altar sem nenhuma obra de arte importante, coberto de reproduções baratas de santos que – num passado longínquo – habitaram a região. O povo de Viscos nunca fora muito religioso, apesar de São Savin ter sido o grande responsável pela ressurreição daquela cidade; mas a gente esquecia isso e preferia pensar em Ahab, nos celtas, nas milenares superstições dos camponeses, sem entender que basta um gesto, um simples gesto, para a redenção – aceitar Jesus como o único Salvador da Humanidade.

Horas antes, havia oferecido a si mesmo para o martírio. Fora uma jogada arriscada, mas estava disposto a ir até o final e entregar-se em holocausto se as pessoas não fossem tão fúteis, tão facilmente manipuláveis.

"Não é verdade. São fúteis, mas não são tão facilmente manipuláveis." Tanto assim que, através do silêncio ou das artimanhas da língua, elas lhe fizeram dizer o que desejavam escutar: o sacrifício que redime, a vítima que salva, a decadência que se transforma de novo em glória. Ele fingira deixar-se usar pelas pessoas, mas dissera apenas aquilo em que acreditava.

Fora educado desde cedo para o sacerdócio, e aquela era sua verdadeira vocação. Aos 21 anos, já tinha sido ordenado padre, e impressionava a todos pelo dom da palavra e pela capacidade de administrar sua paróquia. Rezava todas as noites, assistia os doentes, visitava os presídios, dava de comer a quem tinha fome – exatamente como mandavam os textos sagrados. Aos poucos, sua fama foi se espalhando pela região, e chegou aos ouvidos do bispo, um homem que era conhecido por sua sabedoria e justiça.

Este o convidou, junto com outros jovens padres, para um jantar. Comeram, conversaram sobre diversas coisas e, no final, o bispo – idoso e com dificuldades de caminhar – levantou-se e foi servir água para cada um dos presentes. Todos recusaram, menos ele, que pediu que enchesse seu copo até a borda.

Um dos padres sussurrou de modo que o bispo pudesse escutá-lo: "Todos nós recusamos a água porque sabemos que somos indignos de beber das mãos deste homem santo. Só um entre nós não percebe o sacrifício que nosso superior está fazendo, ao carregar esta garrafa pesada."

Ao voltar para a sua cadeira, o bispo disse:

– Vocês, que se acham santos, não tiveram a humildade de receber, e eu não tive a alegria de dar. Apenas ele permitiu que o Bem se manifestasse.

Na mesma hora nomeou-o para uma paróquia mais importante.

Os dois ficaram amigos, e continuaram a se ver com frequência. Sempre que tinha dúvidas, recorria ao que chamava "seu pai espiritual", e geralmente saía satisfeito com as respostas. Uma tarde, por exemplo, estava angustiado – pois não tinha nenhuma certeza de que seus atos estavam agradando a Deus. Foi até o bispo e perguntou o que devia fazer:

"Abrahão aceitava os estranhos, e Deus ficou contente", foi a resposta. "Elias não gostava de estranhos, e Deus ficou contente. David tinha orgulho do que fazia, e Deus ficou contente. O publicano diante do altar tinha vergonha do que fazia, e Deus ficou contente. João Batista foi para o deserto, e Deus ficou contente. Paulo foi para as grandes cidades do Império Romano, e Deus ficou contente. Como hei de saber o que dará alegria ao Todo-Poderoso? Faça o que o seu coração mandar, e Deus ficará contente."

No dia seguinte a esta conversa, o bispo – seu grande mentor espiritual – morreu de um fulminante ataque do coração. O padre interpretou a morte do bispo como um sinal, e passou a obedecer exatamente o que ele recomendava: seguir o coração. Às vezes dava esmola, às vezes mandava a pessoa ir trabalhar. Às vezes fazia um sermão muito sério, às vezes cantava junto com os fiéis. Seu comportamento de novo chegou aos ouvidos do novo bispo, e ele tornou a ser chamado.

Qual foi a sua surpresa ao encontrar ali aquele que, alguns anos antes, fizera o comentário a respeito da água que era servida pelo superior.

"Sei que você hoje comanda uma paróquia importante", disse o novo bispo, com ironia nos olhos. "E que, durante todos estes anos, tornou-se um grande amigo do meu antecessor. Talvez aspirando a esse cargo."

"Não", ele respondeu. "Aspirando à sabedoria."

"Então hoje deve ser um homem muito culto. Mas escutei histórias estranhas a seu respeito: às vezes você dá esmolas e às vezes recusa a ajuda que nossa Igreja precisa dar."

"Minha calça tem dois bolsos, cada um tem um papel escrito, e só coloco o dinheiro no meu bolso esquerdo."

O novo bispo ficou intrigado com a história; o que diziam os papéis?

"No bolso direito escrevi: *Eu não sou nada além de pó e cinzas.* No bolso esquerdo, onde guardo o dinheiro, o papel diz: *Eu sou a manifestação de Deus na Terra.* Quando vejo a miséria e a injustiça, coloco a mão no meu bolso esquerdo e ajudo. Quando vejo a preguiça e a indolência, coloco a mão no bolso direito e vejo que não tenho nada para dar. Dessa maneira, consigo equilibrar o mundo material com o espiritual."

O novo bispo agradeceu a bela imagem da caridade, disse que ele podia voltar para sua paróquia, mas que iria reestruturar toda a região. Pouco tempo depois recebeu a notícia de sua transferência para Viscos.

Entendeu imediatamente o recado: inveja. Mas tinha feito a promessa de servir a Deus onde quer que fosse, e encaminhou-se para Viscos cheio de humildade e fervor; era um novo desafio a superar.

Um ano se passou. E outro. No final de cinco anos não tinha conseguido trazer mais fiéis à igreja, por mais que se esforçasse; era uma cidade governada por um fantasma do passado, chamado Ahab, e nada do que dissesse tinha mais importância do que as lendas que circulavam ali.

Dez anos se passaram. No final do décimo ano percebeu o seu erro: transformara em arrogância a sua busca pela sabedoria. Estava tão convencido da justiça divina que não soubera equilibrá-la com a arte da diplomacia. Pensara em viver num mundo onde Deus está em todo lugar, para descobrir-se entre homens que muitas vezes não O deixavam entrar.

Depois de quinze anos, entendeu que jamais sairia dali: o antigo bispo era agora um importante cardeal, trabalhando no Vaticano, com grandes possibilidades de ser eleito papa – e não podia permitir, jamais, que um padre do interior fizesse correr a história de que havia sido exilado por causa de inveja e ciúme.

A essa altura já tinha se deixado contagiar pela completa falta de estímulo – ninguém consegue resistir tantos anos à indiferença. Pensou que, se tivesse deixado o sacerdócio no momento certo, poderia ter sido muito mais útil a Deus; mas adiara indefinidamente sua decisão, sempre acreditando que a situação iria mudar, e agora era tarde, não tinha mais contato nenhum com o mundo.

Vinte anos depois, certa noite acordou desesperado; sua vida fora completamente inútil. Sabia do muito que era capaz e do pouco que tinha conseguido realizar. Lembrou-se dos dois papéis que costumava colocar em seus bolsos, descobriu que sempre enfiava a mão no lado direito. Quisera ser sábio, mas não fora político. Quisera ser justo, e não fora sábio. Quisera ser político, e não fora ousado.

"Onde está Tua generosidade, Senhor? Por que fizeste comigo o que fizeste com Jó? Nunca terei uma outra chance na vida? Dai-me uma nova oportunidade!"

Levantou-se, abriu a Bíblia ao acaso, como sempre costumava fazer quando precisava de uma resposta. Caiu no trecho em que, na última ceia de Cristo, este pede ao traidor que o entregue aos soldados que o procuram.

O padre ficou horas pensando sobre o que acabara de ler: por que Jesus pedia ao traidor que cometesse um pecado?

"Para que se cumprissem as Escrituras", diriam os doutores da Igreja. Mesmo assim, por que Jesus estava induzindo um homem ao pecado e à condenação eterna?

Jesus jamais faria isso; na verdade, o traidor era apenas uma vítima, como Ele próprio. O Mal precisava se manifestar e cumprir seu papel, para que o Bem pudesse finalmente vencer. Se não houvesse a traição, não haveria a cruz, as Escrituras não seriam cumpridas, o sacrifício não serviria como exemplo.

No dia seguinte, um estrangeiro chegara à cidade, como muitos chegavam e partiam; o padre não deu importância, e tampouco o relacionou com o pedido que fizera a Jesus, ou com a frase que lera. Quando ouviu a história a respeito dos modelos que Leonardo da Vinci utilizara para pintar *A última ceia*, lembrou-se de que lera o mesmo texto na Bíblia, mas achou que tudo não passava de coincidência.

Só quando a senhorita Prym relatara a aposta foi que entendeu que sua prece tinha sido ouvida.

O Mal precisava se manifestar, para que o Bem pudesse finalmente comover o coração daquele povo. Pela primeira vez, desde que pisara naquela paróquia, vira sua igreja lotada. Pela primeira vez as pessoas mais importantes da cidade tinham ido até a sacristia.

"O Mal precisava se manifestar, para que entendam o valor do Bem." Assim como o traidor na Bíblia, que, pouco depois de ter consumado o seu ato, termina por compreender o que fez, o mesmo iria se passar com aquelas pessoas ali; elas ficariam de tal maneira arrependidas que o único refúgio seria a Igreja, e Viscos se tornaria – depois de muitos anos – uma cidade de fiéis.

Coubera a ele o papel de instrumento do Mal; este era o gesto mais profundo de humildade que podia oferecer a Deus.

O prefeito chegou, como havia combinado.

– Quero saber o que devo dizer, senhor padre.

– Deixe que eu mesmo conduzo a reunião – foi a resposta.

O prefeito hesitou; afinal, ele era a maior autoridade de Viscos, e não gostaria de ver um estranho tratando publicamente de um tema daquela importância. Embora o padre já estivesse ali há mais de vinte anos, não tinha nascido no local, não conhecia todas as histórias, em suas veias não corria o sangue de Ahab.

– Penso que, em assuntos desta gravidade, eu mesmo devo tratar diretamente com o povo – disse.

– De acordo. Melhor assim, porque pode dar errado, e não quero ver a Igreja envolvida. Vou lhe contar meu plano, e o senhor se encarregará de torná-lo público.

– Pensando bem, se o plano é seu, creio que será mais justo e mais honesto deixá-lo compartilhar com todos.

"Sempre o medo", pensou o padre. "Para dominar um homem, faça com que ele tenha medo."

As duas senhoras chegaram à casa de Berta pouco antes das nove, e a encontraram tricotando na pequena sala de estar.

– A cidade está diferente esta noite – disse a velha. – Escutei muita gente andando, muito ruído de passos: o bar é pequeno para todo esse movimento.

– São os homens – respondeu a dona do hotel. – Estão indo para a praça, discutir o que fazer com o estrangeiro.

– Entendo. Não creio que haja muito o que discutir: é aceitar sua proposta ou deixá-lo ir embora daqui a dois dias.

– Nunca consideraríamos aceitar sua proposta – indignou-se a mulher do prefeito.

– Por quê? Me contaram que o padre fez hoje um magnífico sermão, falando que o sacrifício de um homem salvou a humanidade, e que Deus aceitou uma proposta do demônio, terminando por punir o seu servo mais fiel. O que há de errado se os habitantes de Viscos resolverem considerar a proposta do estrangeiro como, digamos, um negócio?

– A senhora não pode estar falando sério.

– Eu estou falando sério. Vocês estão querendo me enganar.

As duas mulheres pensaram em levantar-se e ir embora; mas era arriscado.

– Além do mais, a que devo a honra da visita? Isso nunca aconteceu antes.

– A senhorita Prym, há dois dias, disse que ouviu o lobo maldito uivando.

– Todos nós sabemos que o lobo maldito é uma desculpa estúpida daquele ferreiro – disse a dona do hotel. – Deve ter ido para a floresta com alguma mulher da aldeia vizinha, tentou agarrá-la, foi agredido, e veio com essa história. Mas, mesmo assim, resolvemos dar uma passada por aqui, e ver se está tudo bem.

– Tudo se encontra na mais perfeita ordem. Estou tricotando uma toalha de mesa, embora não possa garantir que vá conseguir terminá-la; posso morrer amanhã, por exemplo.

Houve um momento de desconforto geral.

– Como vocês sabem, as pessoas velhas morrem de uma hora para outra – continuou Berta.

A situação voltou a ser como era. Ou quase como era.

– Ainda é cedo para a senhora pensar nisso.

– Pode ser; nada como o dia de amanhã. Entretanto, saibam que este foi o assunto que ocupou grande parte dos meus pensamentos hoje.

– Alguma razão especial?

– Vocês acham que eu devia ter?

A dona do hotel precisava mudar de assunto, mas devia fazê-lo com muito cuidado. A esta altura, a reunião na praça já devia ter começado, e terminaria em poucos minutos.

– Acho que, com a idade, a gente termina compreendendo que a morte é inevitável. E precisamos aprender a encará-la com serenidade, sabedoria e resignação: muitas vezes ela nos alivia de certos sofrimentos inúteis.

– Tem toda razão – respondeu Berta. – Foi justamente o que eu pensei durante a tarde. E sabem a que conclusão cheguei? Tenho muito, mas muito medo de morrer. Não creio que chegou minha hora.

O clima estava cada vez mais pesado, e a mulher do prefeito recordou-se da discussão na sacristia, sobre o terreno ao lado da igreja; falavam de um assunto quando na verdade se referiam a outro.

Nenhuma das duas sabia como estava indo a reunião na praça; ninguém conhecia o plano do padre, ou a reação dos homens de Viscos. Era inútil provocar Berta para uma conversa mais franca – além do mais, porque ninguém aceita ser morto sem uma reação desesperada. Mentalmente, tomou nota do problema: se quisessem matar aquela mulher, teriam que descobrir uma maneira de fazê-lo sem que houvesse uma luta violenta, que deixaria pistas para uma futura investigação.

Desaparecer. Aquela velha tinha que simplesmente desaparecer; seu corpo não podia ficar no cemitério, ou abandonado na mata; depois que o estrangeiro constatasse que seu desejo tinha sido cumprido, deviam queimá-lo, e as cinzas espalhadas nas montanhas. Na teoria e na prática, era ela quem estava fazendo com que aquela terra se tornasse de novo fértil.

– Em que você está pensando? – Berta interrompeu suas reflexões.

– Numa fogueira – respondeu a mulher do prefeito. – Numa linda fogueira, que aqueça nossos corpos e nossos corações.

– Ainda bem que não estamos na Idade Média; vocês sabem que algumas das pessoas da cidade pensam que eu sou uma bruxa?

Era impossível mentir, ou a velha ia desconfiar; as mulheres acenaram afirmativamente com a cabeça.

– Se estivéssemos na Idade Média, podiam querer me queimar. Assim, sem mais nem menos, só porque alguém decidiu que eu devia ser culpada de algo.

"O que está havendo?", pensava a dona do hotel. "Será que alguém nos traiu? Será que a mulher do prefeito, que agora está ao meu lado, esteve aqui antes e contou tudo? Será que o padre se arrependeu e veio se confessar com uma pecadora?"

– Agradeço muito a visita, mas estou bem, em perfeita saúde, disposta a fazer todos os sacrifícios possíveis, inclusive esses regimes alimentares idiotas que me obrigam a abaixar o colesterol, pois desejo continuar vivendo por muito tempo.

Berta levantou-se e abriu a porta. As duas se despediram. A reunião na praça ainda não havia terminado.

– Mas fiquei contente por terem vindo. Agora vou parar este tricô e dormir. E, para falar a verdade, eu acredito no lobo maldito; já que vocês são jovens, será que podem ficar por perto até a reunião terminar, a fim de garantir que ele não se aproxime da minha porta?

As duas concordaram, desejaram boa-noite, e Berta entrou.

– Ela sabe! – disse baixinho a dona do hotel. – Alguém contou! Não notou o tom de ironia na sua voz? Não vê que ela entendeu que estamos aqui para vigiá-la?

A mulher do prefeito estava confusa.

– Ela não pode saber. Ninguém seria louco de fazer isso. A não ser...

– A não ser o quê?

– Que ela seja mesmo uma bruxa. Você lembra do vento que soprou enquanto conversávamos?

– As janelas estavam fechadas.

O coração das duas mulheres apertou, e séculos de superstições voltaram à tona. Se ela fosse mesmo uma bruxa, sua morte, ao invés de salvar a cidade, terminaria por destruí-la completamente.

Era isso que diziam as lendas.

Berta apagou a luz, e ficou olhando as duas mulheres na rua pela fresta de sua janela. Não sabia se devia rir, chorar, ou simplesmente aceitar o seu destino. Tinha apenas uma única certeza: havia sido marcada para morrer.

Seu marido aparecera no final da tarde, e, para sua surpresa, vinha acompanhado da avó da senhorita Prym. O primeiro impulso de Berta foi de ciúme: o que estava fazendo com aquela mulher? Mas logo notou a preocupação nos olhos dos dois, e ficou mais desesperada ainda quando lhe contaram o que haviam escutado na sacristia.

Os dois pediram que fugisse imediatamente.

"Vocês devem estar brincando", respondeu Berta. "Fugir como? Minhas pernas mal conseguem me levar até a igreja que fica a cem metros daqui, imagine descer essa estrada toda? Por favor, resolvam essa situação aí no alto, protejam-me! Afinal de contas, por que vivo rezando para todos os santos?"

Era uma situação mais complicada do que Berta imaginava, explicaram eles: o Bem e o Mal estavam em combate, e ninguém podia interferir. Anjos e demônios travavam mais uma daquelas batalhas periódicas, quando condenam ou salvam regiões inteiras por um certo período de tempo.

"Não me interessa; eu não tenho como me defender, essa luta não é minha, não pedi para entrar."

Ninguém havia pedido. Tudo começara com um erro de cálculo de um anjo guardião, dois anos atrás. Durante um sequestro, duas mulheres estavam também com os dias contados, mas uma menina de três anos deveria se salvar. Essa menina, disseram, terminaria por consolar seu pai, fazer com que ele continuasse a ter esperança na vida e superasse o tremendo sofrimento a que seria submetido. Era um homem de bem e, embora tivesse que passar por momentos terríveis (ninguém sabia a razão, isto pertencia a um plano de Deus, que nunca era totalmente explicado), ia acabar se recuperando. A menina cresceria com a marca da tragédia, e, depois dos vinte anos, ia usar o seu próprio sofrimento para aliviar a dor alheia. Terminaria fazendo um trabalho tão importante que teria reflexos nos quatro cantos da Terra.

Esse era o plano original. E tudo corria muito bem: a polícia invadiu o lugar, os tiros começaram a ser disparados, as pessoas marcadas para morrer começaram a cair. Nesse momento, o anjo da guarda da menina – como Berta sabia, todas as crianças de três anos veem e conversam com seus anjos o tempo todo – fez um sinal, pedindo que ela recuasse em direção à parede. Mas a garota não entendeu, e aproximou-se dele, para escutar o que dizia.

Moveu-se apenas trinta centímetros; o suficiente para que um tiro mortal a atingisse. A partir daí, a história tomou outro rumo; o que estava escrito para transformar-se numa bela história de redenção virou uma luta sem tréguas. O demônio entrou em cena, reclamando a alma daquele homem – cheia de ódio, impotência, desejo de vingança. Os anjos não se conformaram; ele era um homem bom, tinha sido escolhido para ajudar sua filha a mudar muita coisa no mundo, mesmo que sua profissão não fosse das mais aconselháveis.

Mas os argumentos dos anjos não conseguiram mais encontrar qualquer eco nos ouvidos dele. Pouco a pouco, o demônio foi se apossando de sua alma, até conseguir controlá-la quase por completo.

– Quase por completo – repetiu Berta. – Vocês disseram: "quase".

Ambos confirmaram. Ainda restava uma luz imperceptível, porque um dos anjos se recusara a desistir da luta. Mas nunca era ouvido, até que, na noite anterior, conseguira falar um pouco. E o instrumento tinha sido justamente a senhorita Prym.

A avó de Chantal explicou que por isso estava ali: porque, se existia alguém que podia mudar a situação, era a sua neta. Mesmo assim, o combate estava mais feroz que nunca, e de novo o anjo do estrangeiro havia sido sufocado pela presença do demônio.

Berta tentou acalmar os dois, que se mostravam muito nervosos; afinal de contas, eles já estavam mortos, era ela quem devia estar preocupada. Será que eles não podiam ajudar Chantal a mudar tudo?

O demônio de Chantal também estava ganhando a batalha, responderam. Enquanto ela estivera no bosque, a avó tinha mandado o lobo maldito à sua procura – por sinal ele existia mesmo, e o ferreiro falava a verdade. Quis despertar a bondade do homem, e havia conseguido. Mas, aparentemente, a conversa dos dois não fora adiante; ambos eram personalidades fortes demais. Restava agora uma única chance: que a moça tivesse visto o que eles desejavam que visse. Ou melhor: sabiam que ela já tinha visto, o que queriam mesmo era que ela entendesse.

– O quê? – perguntou Berta.

Não podiam comentar; o contato com os vivos tinha um limite, alguns demônios estavam prestando atenção no que diziam, e podiam estragar tudo se soubessem do plano com antecedência. Mas garantiam que era algo muito simples, e se Chantal fosse esperta – como sua avó assegurava –, ela saberia controlar a situação.

Berta aceitou a resposta; longe dela pedir uma indiscrição que podia lhe custar a vida, embora gostasse muito de ouvir segredos. Entretanto, ali faltava uma explicação, e ela se virou para o marido:

– Você me disse que ficasse aqui, sentada nesta cadeira, ao longo destes anos, vigiando a cidade, pois o Mal poderia entrar. O seu pedido aconteceu muito antes que o anjo se atrapalhasse e a menina terminasse morta. Por quê?

O marido respondeu que, de uma maneira ou de outra, o Mal ia passar por Viscos, já que sempre costuma fazer sua ronda pela Terra, e gosta de pegar os homens desprevenidos.

– Não estou convencida.

Tampouco o marido estava convencido, mas era verdade. Talvez o duelo entre o Bem e o Mal existisse a cada segundo no coração de cada homem, o campo de batalha de todos os anjos e demônios; eles lutariam palmo a palmo para ganhar terreno, por muitos milênios, até que uma das duas forças finalmente destruísse a outra por completo. Entretanto, embora já estivesse no plano espiritual, ainda havia muita coisa que ele desconhecia – aliás, muito mais coisa do que na Terra.

– Agora estou mais convencida. Descansem; se eu tiver que morrer, é porque chegou a minha hora.

Berta não disse que estava com um pouco de ciúme e gostaria de poder juntar-se de novo ao marido; a avó de Chantal sempre fora uma das mulheres mais cobiçadas de Viscos.

Os dois foram embora, alegando que precisavam fazer a menina entender direito o que ela havia visto. O ciúme de Berta aumentou, mas procurou tranquilizar-se, embora achando que o marido queria que vivesse um pouco mais para que pudesse desfrutar, sem ser perturbado, da companhia da avó da senhorita Prym.

Quem sabe, amanhã mesmo ia acabar com essa independência que ele julgava ter. Berta pensou um pouco e mudou de ideia: o pobre homem merecia uns anos de descanso, não custava nada deixá-lo pensar que era livre para fazer o que queria – pois tinha certeza de que ele sentia muito sua falta.

Vendo as duas mulheres lá fora, ela pensou que não seria nada mau continuar mais um pouco naquele vale, olhando as montanhas, assistindo aos eternos conflitos entre os homens e as mulheres, às árvores e ao vento, aos anjos e aos demônios. Começou a sentir medo, e procurou concentrar-se em outra coisa – talvez amanhã mudasse a cor do novelo da lã que estava usando, pois a toalha estava ficando monótona.

Antes que a reunião na praça terminasse, ela já havia pegado no sono, certa de que a senhorita Prym terminaria entendendo o recado, embora não tivesse o dom de conversar com espíritos.

– Na igreja, em solo sagrado, eu falei da necessidade do sacrifício – disse o padre. – Aqui, em solo profano, eu peço que vocês estejam dispostos ao martírio.

A pequena praça, com sua iluminação deficiente – havia apenas um poste, embora o prefeito tivesse prometido outros durante a campanha –, estava repleta. Camponeses e pastores, os olhos meio sonolentos porque costumavam deitar-se e acordar junto com o sol, guardavam um silêncio respeitoso e assustado. O padre tinha colocado uma cadeira ao lado da cruz, e estava em cima dela – de modo que pudesse ser visto por todos.

– Durante séculos a Igreja tem sido acusada de lutas injustas, mas, na verdade, tudo o que fizemos foi sobreviver às ameaças.

– Não viemos aqui para escutar sobre a Igreja, padre – gritou uma voz. – Queremos saber sobre Viscos.

– Eu não preciso explicar que Viscos está ameaçada de sumir do mapa, levando vocês, suas terras, seus rebanhos. Tampouco vim aqui para falar da Igreja, mas uma coisa preciso dizer: só com o sacrifício e a penitência podemos chegar à salvação. E antes que me interrompam, estou falando do sacrifício de alguém, da penitência de todos, e da salvação da cidade.

– Tudo pode ser uma mentira – gritou outra voz.

– O estrangeiro vai nos mostrar o ouro amanhã – disse o prefeito, contente em dar uma informação de que nem sequer o padre tomara conhecimento. – A senhorita Prym não quer arcar sozinha com a responsabilidade, e a dona do hotel convenceu-o a trazer as barras até aqui. Só agiremos mediante essa garantia.

O prefeito tomou a palavra, e começou a discorrer sobre as melhorias da cidade, as reformas, o parque infantil, a redução dos impostos e a distribuição da riqueza recém-adquirida.

– Em partes iguais – disse alguém.

Era hora de assumir um compromisso que ele detestaria fazer; mas todos os olhos se voltaram em sua direção, e pareciam ter subitamente acordado da sonolência.

– Em partes iguais – confirmou o padre, antes que o prefeito reagisse.

Não tinham escolha: ou todos participavam com a mesma responsabilidade e recompensa, ou em breve alguém terminaria denunciando o crime – por inveja ou vingança. O padre conhecia bem estas duas palavras.

– Quem vai morrer?

O prefeito explicou sobre a maneira justa com que chegaram à escolha de Berta; sofria muito com a perda do marido, estava velha, não tinha amigos, parecia uma louca, sentada de manhã até o entardecer diante de sua casa, e em nada colaborava no crescimento da aldeia. Todo o seu dinheiro, em vez de ter sido investido em terras ou ovelhas, estava rendendo juros em um banco longe dali; os únicos que se beneficiavam dele eram os comerciantes que, assim como a furgoneta do pão, apareciam semanalmente na cidade para venderem seus produtos.

Nenhuma voz na multidão se manifestou contra a escolha. O prefeito ficou contente, porque sua autoridade tinha sido aceita; o padre, porém, sabia que aquilo podia ser um bom ou mau sinal, porque nem sempre o silêncio significa um "sim" – geralmente mostrava apenas a incapacidade de as pessoas reagirem na hora. Entretanto, se alguém não estivesse de acordo, logo iria torturar-se com o que aceitou sem desejar, e as consequências poderiam ser graves.

– Preciso que todos estejam de acordo – disse o padre. – Preciso que digam em voz alta se concordam ou não, para que Deus escute, e saiba que tem homens valentes em Seu exército. Se não acreditam em Deus, peço que da mesma maneira concordem ou discordem em voz alta, de modo que todos saibam exatamente o que pensa cada um.

O prefeito não gostou da maneira como o padre aplicara o verbo: "preciso", dissera ele, quando o correto seria "precisamos", ou "o prefeito precisa". Quando aquele assunto estivesse terminado, iria recuperar sua autoridade da maneira que fosse necessária. Agora, como bom político, deixaria o padre agir e se expor.

– Quero que concordem.

O primeiro "sim" partiu do ferreiro. O prefeito, para mostrar logo sua coragem, também concordou em voz alta. Pouco a pouco, cada homem ali presente foi dizendo em voz alta que estava de acordo – até que todos assumiram o compromisso. Uns estavam de acordo porque queriam que a reunião acabasse logo, e pudessem voltar para casa; outros pensavam no ouro e na maneira mais rápida de deixar a cidade com a riqueza recém-adquirida; alguns tinham planos de enviar dinheiro para seus filhos, de modo que não passassem vergonha diante dos amigos na cidade grande; praticamente nenhuma das pessoas ali ainda acreditava que Viscos pudesse recuperar a glória perdida, e desejavam apenas a riqueza que sempre mereceram, mas nunca tiveram.

Mas ninguém disse "não".

– Temos nesta cidade 108 mulheres e 173 homens – continuou o padre. – Cada habitante tem pelo menos uma arma, já que a tradição do local manda que todos aprendam a caçar. Pois bem, amanhã de manhã vocês vão deixar essas armas, com um cartucho, na sacristia da igreja. Peço ao prefeito, que tem mais de uma espingarda em casa, que traga uma também para mim.

– Nunca deixamos nossas armas com estranhos – gritou um guia de caça. – Elas são sagradas, caprichosas, pessoais. Nunca podem ser usadas por outras pessoas.

– Deixem-me terminar. Vou explicar como funciona um pelotão de fuzilamento: sete soldados são convocados para atirar no condenado à morte. Sete fuzis são entregues aos soldados – seis deles estão carregados com balas de verdade e um contém apenas um cartucho sem munição. A pólvora explode da mesma maneira, o barulho é idêntico, mas não há chumbo ali dentro para ser impulsionado em direção ao corpo da vítima.

"Nenhum dos soldados sabe qual é o rifle que está com cartucho de festim. Assim, cada um acredita que é o seu, e que seus amigos foram os responsáveis pela morte daquele homem ou mulher que não conhecem, mas em quem foram obrigados a atirar, por dever do ofício."

– Todos se julgam inocentes – disse o dono das terras, que até então se mantivera calado.

– Exato. Amanhã eu farei a mesma coisa: retirarei o chumbo de 87 cartuchos, e deixarei as outras espingardas com munição verdadeira. Todas as armas soarão ao mesmo tempo, mas ninguém saberá quais delas tinham projéteis dentro; dessa maneira, cada um de vocês pode se julgar inocente.

Por mais cansados que os homens estivessem, a ideia do padre foi seguida de um suspiro de alívio. Uma energia diferente espalhou-se pela praça como se, de uma hora para outra, toda aquela história tivesse perdido o seu ar trágico, e agora era apenas a caça a um tesouro escondido. Cada habitante teve absoluta certeza de que sua arma estaria com um cartucho de festim, não era culpado – mas solidário com os companheiros, que precisavam mudar de vida e de cidade. As pessoas agora estavam muito animadas; Viscos era um lugar onde coisas diferentes e importantes finalmente aconteciam.

– A única arma que, podem ter certeza, estará carregada, será a minha, pois eu não posso escolher para mim mesmo. Tampouco vou ficar com a minha parte do ouro; estou fazendo isso por outras razões.

O prefeito de novo não gostou da maneira como o padre falava. Ele estava fazendo com que os habitantes de Viscos entendessem que era um homem de coragem, de liderança, generosidade, capaz de qualquer sacrifício. Se sua mulher estivesse ali, iria dizer que estava se preparando para lançar-se candidato às próximas eleições.

"Deixa segunda-feira chegar", pensou consigo mesmo. Iria baixar um decreto aumentando de tal maneira o imposto da igreja que tornaria impossível o padre permanecer ali. Afinal, era o único que não pretendia ficar rico.

– E a vítima? – perguntou o ferreiro.

– Ela virá – disse o padre. – Eu me encarrego. Mas preciso de mais três pessoas comigo.

Como ninguém se apresentou, o padre escolheu três homens fortes. Apenas um deles tentou dizer "não", mas seus amigos o olharam, e ele mudou rapidamente de ideia.

– Onde ofereceremos o sacrifício? – perguntou o dono das terras, dirigindo-se diretamente para o padre.

O prefeito estava perdendo rapidamente sua autoridade, e precisava recuperá-la de imediato.

– Sou eu quem decide – disse, olhando com raiva para o dono das terras. – Não quero que o chão de Viscos fique marcado de sangue. Será amanhã, nesta mesma hora, ao lado do monólito celta. Tragam suas lanternas, lampiões, archotes, para que todos vejam bem para onde estão apontando a espingarda, e não atirem na direção errada.

O padre desceu da cadeira – a reunião havia terminado. As mulheres de Viscos tornaram a ouvir os passos no calçamento, os homens retornando às suas casas, bebendo algo, olhando a janela, ou simplesmente caindo na cama, exaustos. O prefeito encontrou-se com a sua mulher, que contou o que tinha ouvido na casa de Berta, e o medo que tivera. Entretanto, depois de analisar, junto com a dona do hotel, palavra por palavra do que fora dito, as duas chegaram à conclusão de que a velha não sabia nada – era apenas o sentimento de culpa que as fazia pensar assim. "Fantasmas onde não existem, como o lobo maldito", comentou.

O padre voltou à igreja, e passou a noite inteira em oração.

Chantal fez o seu café da manhã com o pão comprado no dia anterior, já que no domingo a furgoneta não aparecia. Olhou pela janela e viu que os habitantes de Viscos saíam de suas casas carregando uma arma de caça. Preparou-se para morrer, já que sempre havia a possibilidade de ter sido escolhida; mas ninguém bateu à sua porta – ao contrário, seguiam adiante, entravam na sacristia da igreja e saíam de mãos vazias.

Desceu, foi até o hotel, e a dona lhe contou o que tinha acontecido na noite anterior; a escolha da vítima, a proposta do padre, os preparativos para o sacrifício. O tom hostil já não existia, e as coisas pareciam estar mudando a favor de Chantal.

– Há algo que quero lhe dizer: algum dia Viscos se dará conta de tudo que você fez por seus habitantes.

– Mas o estrangeiro terá que mostrar o ouro – insistiu.

– Claro. Ele acaba de sair com a mochila vazia.

Ela resolveu não passear na floresta, pois teria que passar diante da casa de Berta, e ficaria com vergonha de olhá-la. Voltou para seu quarto e lembrou-se de novo do seu sonho.

Na tarde do dia anterior tivera um sonho estranho: um anjo lhe entregava as onze barras de ouro e pedia que as guardasse com ela.

Chantal respondia ao anjo que, para isso, era preciso matar alguém. Ele garantia que não: as barras provavam que o ouro não existia.

Por isso, pedira à dona do hotel que falasse com o estrangeiro; tinha um plano. Mas, como sempre perdera todas as batalhas de sua vida, duvidava que pudesse executá-lo.

Berta olhava o sol colocando-se atrás das montanhas quando viu o padre e mais três homens se aproximando. Ficou triste por três coisas: por saber que sua hora havia chegado, por ver que seu marido sequer aparecera para consolá-la (talvez com medo do que teria que escutar, talvez envergonhado de sua própria impotência em salvá-la) e por dar-se conta de que o dinheiro que juntara terminaria ficando para os acionistas do banco onde estava depositado, já que nem tivera tempo de retirá-lo e fazer uma fogueira com ele.

Ficou contente por duas coisas: ia finalmente encontrar seu marido, que àquela hora devia estar passeando com a avó da senhorita Prym, e o último dia de sua vida tinha sido frio, mas cheio de sol e luz; não é todo mundo que tem o privilégio de partir com uma lembrança tão bela.

O padre fez um sinal para que os homens permanecessem a distância, e se aproximou sozinho.

– Boa tarde – disse ela. – Vejam como Deus é grande, e fez uma natureza tão linda.

"Vão me levar, mas eu deixarei aqui toda a culpa do mundo."

– Você não imagina o Paraíso – respondeu o padre, mas ela notou que sua flecha o havia atingido, e agora ele lutava para conservar a frieza.

– Não sei se é tão belo, sequer tenho certeza de que existe; o senhor já esteve lá?

– Ainda não. Mas conheci o Inferno, e sei que ele é terrível, embora pareça muito atraente do lado de fora.

Ela entendeu que ele se referia a Viscos.

– Está enganado, senhor padre. O senhor esteve no Paraíso, e não o reconheceu. Como acontece, aliás, com a maioria das pessoas neste mundo; procuram o sofrimento nos lugares mais alegres, porque pensam que não merecem a felicidade.

– Parece que estes anos passados aqui a deixaram mais sábia.

– Faz muito tempo que ninguém vinha conversar comigo, e agora, estranhamente, todos descobriram que eu existo. Imagine o senhor que, ontem à noite, a dona do hotel e a mulher do prefeito deram-me a honra de me visitar; hoje, o pároco da aldeia faz a mesma coisa. Será que eu me tornei uma pessoa muito importante?

– Muito – disse o padre. – A mais importante da aldeia.

– Recebi alguma herança?

– Dez barras de ouro. Homens, mulheres e crianças lhe agradecerão pelas gerações futuras. É possível, até mesmo, que façam uma estátua em sua homenagem.

– Prefiro uma fonte; além de enfeitar, sacia a sede dos que chegam e acalma os que estão preocupados.

– Será construída uma fonte. Tem minha palavra.

Berta achou que já era tempo de parar com a farsa e ir direto ao assunto:

– Já sei de tudo, padre. O senhor está condenando uma mulher inocente, que não pode lutar por sua vida. Maldito seja o senhor, esta terra e todos os seus habitantes.

– Maldito seja – concordou o padre. – Durante mais de vinte anos eu tentei abençoar esta terra, mas ninguém ouviu os meus apelos. Durante os mesmos vinte anos, eu tentei trazer o Bem para o coração dos homens, até entender que Deus me havia escolhido para ser o seu braço esquerdo, e mostrar o Mal de que são capazes. Talvez assim eles se assustem, e se convertam.

Berta tinha vontade de chorar, mas controlou-se.

– Belas palavras, nenhum conteúdo. Apenas uma explicação para a crueldade e a injustiça.

– Ao contrário de todos os outros, não estou fazendo isso por dinheiro. Sei que este é um ouro maldito, como esta terra, e não trará felicidade para ninguém: faço porque Deus me pediu. Melhor dizendo: me ordenou, respondeu às minhas preces.

Inútil discutir, pensou Berta, enquanto o padre colocava a mão no bolso e tirava alguns comprimidos.

– A senhora não vai sentir nada – disse. – Vamos entrar.

– Nem o senhor, nem ninguém desta aldeia, pisarão na minha casa enquanto eu estiver viva. Talvez hoje no final da noite a porta esteja aberta – mas, agora, não.

O padre acenou para um dos homens, que se aproximou com uma garrafa de plástico.

– Tome estes comprimidos. Irá dormir pelas próximas horas. Quando acordar, estará no Céu, junto de seu marido.

– Sempre estive junto de meu marido; e nunca tomei comprimidos para dormir, apesar de sofrer de insônia.

– Melhor assim; farão efeito quase imediato.

O sol já se havia escondido, as sombras começavam a cair rapidamente sobre o vale, a igreja, a cidade.

– E se eu decidir não tomar?

– Tomará de qualquer maneira.

Ela olhou os homens que o acompanhavam, e entendeu que o padre dizia a verdade. Pegou os comprimidos, colocou-os na boca, e bebeu a garrafa inteira. Água: sem gosto, sem cheiro, sem cor, e, no entanto, a coisa mais importante do mundo. Igual a ela, naquele momento.

Olhou mais uma vez as montanhas, agora já cobertas de sombra. Viu a primeira estrela surgir no céu, e lembrou-se de que tivera uma vida boa; nascera e morrera num lugar que amava, embora o lugar não gostasse tanto dela – mas que importância tinha isso? Quem ama esperando qualquer retribuição está perdendo o seu tempo.

Tinha sido abençoada. Jamais conhecera um outro país, mas sabia que ali, em Viscos, se passavam as mesmas coisas que aconteciam em todos os lugares. Perdera o marido que amava, mas Deus lhe concedera a alegria de ele continuar ao seu lado, mesmo depois de morto. Vira o apogeu da aldeia, presenciara o início de sua decadência e ia embora antes de vê-la destruída por completo. Conhecera os homens com seus defeitos e suas virtudes, e acreditava que, apesar de tudo que lhe acontecia agora, e das tais lutas que seu marido garantia estar presenciando no mundo invisível, a bondade humana ia terminar vencendo no final.

Teve pena do padre, do prefeito, da senhorita Prym, do estrangeiro, de cada um dos habitantes de Viscos: o Mal jamais traria o Bem, embora eles quisessem acreditar nisso. Quando descobrissem a realidade, seria tarde demais.

Carregava um único arrependimento na vida: nunca ter visto o mar. Sabia que ele existia, que era imenso, furioso e calmo ao mesmo tempo, mas nunca pudera ir até onde o mar se encontrava, colocar um pouco de água salgada em sua boca, sentir a areia em seus pés descalços, mergulhar na água fria como quem volta ao ventre da Grande Mãe (ela lembrou-se de que os celtas gostavam deste termo).

Afora isso, não havia muito do que reclamar. Estava triste, muito triste por ter que partir assim, mas não queria sentir-se uma vítima: com certeza Deus a escolhera para aquele papel, e era muito melhor que a escolha que Ele fizera para o padre.

– Quero lhe falar sobre o Bem e o Mal – escutou-o dizer, ao mesmo tempo em que sentia uma espécie de torpor nas mãos e nos pés.

– Não precisa. O senhor não conhece o Bem. Foi envenenado pelo Mal que lhe causaram, e agora espalha essa peste sobre a nossa terra. Não é diferente do estrangeiro que veio nos visitar e nos destruir.

Mal escutou suas últimas palavras. Olhou para a estrela e fechou os olhos.

O estrangeiro foi até o banheiro do seu quarto, lavou cuidadosamente cada uma das barras de ouro e tornou a recolocá-las na mochila velha e surrada. Há dois dias saíra completamente de cena e agora retornava para o ato final – era preciso reaparecer.

Tudo havia sido cuidadosamente planejado: desde a escolha da cidade isolada, com poucos habitantes, até o fato de ter um cúmplice, de modo que – se as coisas dessem errado – ninguém jamais pudesse acusá-lo de incentivar um crime. O gravador, a recompensa, os passos cuidadosos, a primeira etapa onde faria amizade com os habitantes, a segunda etapa, quando semearia o terror e a confusão. Como Deus fizera com ele, ele faria com os outros. Como Deus lhe dera o Bem para depois jogá-lo num abismo, ele repetiria isso.

Cuidara de tudo nos mínimos detalhes, menos numa coisa: jamais pensara que seu plano desse certo. Tinha certeza de que, quando chegasse a hora de decidir, um simples "não" mudaria a história, uma só pessoa iria negar-se a cometer o crime, e bastava essa pessoa para mostrar que nem tudo estava perdido. Se uma pessoa salvasse a aldeia, o mundo estaria salvo, a esperança ainda era possível, a bondade era mais forte, os terroristas não sabiam o mal que estavam causando, o perdão terminaria por acontecer e os dias de sofrimento seriam substituídos por uma lembrança triste, ele podia aprender a conviver com ela, e procurar de novo a felicidade. Por esse "não" que gostaria de ter escutado, a aldeia receberia suas dez barras de ouro, independente da aposta que fizera com a moça.

Mas seu plano havia falhado. E agora era tarde, não podia mudar de ideia.

Bateram na porta.

– Vamos logo – escutou a voz da dona do hotel. – Está na hora.

– Estou descendo.

Pegou o casaco, vestiu-o, e encontrou-se com ela no bar.

– Estou com o ouro – disse. – Mas, para evitar mal-entendidos, espero que saiba que algumas pessoas conhecem o meu paradeiro. Se resolverem mudar de vítima, pode ter certeza de que a polícia virá me procurar aqui; a senhora mesma me viu dar muitos telefonemas.

A dona do hotel apenas acenou com a cabeça.

O monólito celta ficava a meia hora de caminhada de Viscos. Durante muitos séculos os homens achavam que era apenas uma pedra diferente, grande, polida pela chuva e pelo gelo – que antes estivera de pé, e fora derrubada por algum raio. Ahab costumava reunir o conselho da cidade ali, porque a rocha servia de mesa natural, ao ar livre.

Até que o governo enviou um grupo para fazer um levantamento da presença dos celtas no vale e alguém notou o monumento. Logo vieram os arqueólogos, mediram, calcularam, discutiram, escavaram, e chegaram à conclusão de que um grupo celta tinha elegido aquele sítio como uma espécie de lugar sagrado, embora se desconhecessem que rituais praticavam no local. Uns diziam que era uma espécie de observatório astronômico, outros garantiam que cerimônias de fertilidade – virgens sendo possuídas por sacerdotes – eram realizadas ali. O grupo de sábios discutiu durante uma semana, mas logo partiu em direção a algo mais interessante, sem chegar a nenhuma conclusão sobre o achado.

Quando foi eleito, o prefeito tentou atrair o turismo, conseguindo publicar uma reportagem em um jornal da região sobre a herança celta dos habitantes de Viscos, mas as trilhas eram difíceis, e tudo o que os raros aventureiros encontraram foi uma pedra caída, enquanto outras aldeias do vale tinham esculturas, inscrições, coisas muito mais interessantes. A ideia não vingou e em pouco tempo o monólito voltou a exercer sua função de sempre: servir de mesa, nos fins de semana, para os piqueniques no local.

Naquela tarde, algumas discussões aconteceram em várias casas de Viscos, todas pelo mesmo motivo: os maridos queriam ir sozinhos, as mulheres exigiam tomar parte no "ritual de sacrifício" – como os habitantes passaram a chamar o crime que estavam prestes a cometer. Os maridos diziam que era perigoso, ninguém sabe o que uma arma de fogo pode fazer, as mulheres insistiam que tudo aquilo não passava de egoísmo, que os homens precisavam respeitar seus direitos, o mundo já não era como eles pensavam. Os maridos terminaram cedendo, e as mulheres, comemorando.

Agora, a procissão dirigia-se para o local, formando uma corrente de 281 pontos luminosos, porque o estrangeiro carregava um archote e Berta não levava nada – de modo que o número de habitantes continuava sendo representado com exatidão. Cada um dos homens tinha um lampião ou lanterna numa das mãos e uma espingarda de caça na outra, dobrada ao meio, de modo que não pudesse disparar acidentalmente.

Berta era a única que não precisava andar; dormia placidamente numa espécie de maca improvisada, que dois lenhadores carregavam com muita dificuldade. "Ainda bem que não vamos precisar trazer este peso de volta", pensava um deles. "Porque, com a munição encravada na carne, ele será triplicado."

Calculou que cada cartucho devia conter, geralmente, seis pequenas esferas de chumbo. Se todas as espingardas carregadas acertassem o alvo, aquele corpo seria atingido por 522 pedaços, e no final haveria mais metal do que sangue.

O homem sentiu seu estômago embrulhar. Não devia pensar em mais nada, só na segunda-feira.

Ninguém conversou durante o trajeto. Ninguém se olhou nos olhos, como se aquilo fosse uma espécie de pesadelo que estavam dispostos a esquecer o mais breve possível. Chegaram arquejando – mais de tensão do que de cansaço – e formaram um gigantesco semicírculo de luzes na clareira onde estava o monumento celta.

O prefeito fez um sinal, os lenhadores desamarraram Berta da maca e a colocaram deitada no monólito.

– Assim não dá – reclamou o ferreiro, lembrando dos filmes de guerra, com soldados rastejando no chão. – Fica difícil acertar uma pessoa deitada.

Os lenhadores retiraram Berta e a colocaram sentada no chão, com as costas apoiadas na pedra. Parecia a posição ideal, mas de repente ouviu-se um soluço e uma voz de mulher.

– Ela está olhando para a gente – dizia. – Ela está vendo o que estamos fazendo.

Claro que Berta não estava vendo nada, mas era insuportável olhar aquela senhora de ar bondoso, dormindo com um sorriso satisfeito nos lábios, que em breve seria desfeito por várias pequenas esferas de metal.

– Coloquem-na de costas – ordenou o prefeito, também incomodado com a visão.

Resmungando, os lenhadores foram mais uma vez até o monólito, viraram o corpo, deixando-o ajoelhado no chão, com o rosto e o peito apoiados na pedra. Como era impossível mantê-lo firme nessa posição, foi preciso colocar uma corda nos seus pulsos, passá-la por cima da parte superior do monumento e prendê-la do outro lado.

A posição agora era grotesca: a mulher ajoelhada, de costas, com os braços estendidos por cima da pedra, como se estivesse rezando e implorando algo. Alguém reclamou de novo, mas o prefeito disse que já era hora de terminar com a tarefa.

Quanto mais rápido, melhor. Sem discursos ou justificativas; tudo isso podia ficar para o dia seguinte – no bar, nas ruas, nas conversas entre os pastores e agricultores. Com toda certeza, uma das três saídas de Viscos deixaria de ser usada por muito tempo, já que todos estavam acostumados com a velha ali sentada – olhando as montanhas e falando sozinha. Ainda bem que a cidade tinha mais duas saídas, além de um pequeno atalho, com uma escada improvisada, que dava para a estrada logo abaixo.

– Vamos acabar logo com isso – disse o prefeito, contente porque via que o padre já não dizia mais nada, e sua autoridade tinha sido restabelecida. – Alguém no vale pode ver estas luzes, e querer verificar o que está acontecendo. Preparem suas espingardas, disparem e vamos embora.

Sem solenidades. Cumprindo um dever, como bons soldados que defendiam sua cidade. Sem dúvidas. Era uma ordem, e seria obedecida.

E, de repente, o prefeito não apenas entendeu o silêncio do padre, como teve certeza de que caíra numa armadilha. A partir de agora, se algum dia a história transpirasse, todos poderiam dizer o que diziam os assassinos durante as guerras: que estavam cumprindo ordens. O que passava, agora, no coração daquelas pessoas: ele era um canalha ou um salvador?

Não podia fraquejar, justamente no momento em que escutou o ruído das espingardas sendo desdobradas, o cano encaixando perfeitamente no coldre. Imaginou o ruído que 174 armas iriam fazer, mas, se aparecesse alguém para ver o que estava acontecendo, já estariam longe dali; pouco antes de começarem a subida, ele dera a ordem para que apagassem todos os lampiões na volta. Conheciam o caminho de cor, a luz era apenas necessária para evitar acidentes na hora dos tiros.

Instintivamente, as mulheres recuaram, e os homens apontaram em direção ao corpo inerte, distante uns cinquenta metros. Não podiam errar, eram educados desde crianças para atirar em animais em movimento e pássaros voando.

O prefeito preparou-se para dar a ordem de disparar.

– Um momento! – gritou uma voz feminina.

Era a senhorita Prym.

– E o ouro? Vocês já viram o ouro?

As espingardas foram abaixadas, mas continuavam armadas; não, ninguém tinha visto o ouro. Todos se viraram para o estrangeiro.

Este caminhou, lentamente, para a frente das armas. Colocou a mochila no chão e começou a retirar, uma a uma, as barras de ouro.

– Aí está – disse, voltando para o seu lugar, numa das extremidades do semicírculo.

A senhorita Prym foi até o local onde as barras estavam e agarrou uma delas.

– É ouro – disse. – Mas quero que se certifiquem. Que venham aqui nove mulheres e cada uma examine as barras que ainda estão no chão.

O prefeito começava a ficar inquieto, elas iam colocar-se na linha de tiro, alguém mais nervoso podia disparar por acidente; mas nove mulheres – inclusive a dele – foram até onde a senhorita Prym estava, e fizeram o que ela pedia.

– Sim, é ouro – disse a mulher do prefeito, verificando com cuidado o que tinha nas mãos, e comparando com as poucas joias que possuía. – Vejo que tem um selo do governo, um número que deve indicar a série, a data em que foi fundida e o peso. Não estamos sendo enganados.

– Pois fiquem segurando isso enquanto escutam o que vou dizer.

– Não é hora de discursos, senhorita Prym – disse o prefeito. – Saiam todos daí, para que possamos terminar nossa tarefa.

– Cale a boca, seu idiota!

O grito de Chantal assustou a todos. Ninguém imaginava que qualquer pessoa em Viscos pudesse dizer o que acabavam de ouvir.

– A senhorita está louca?

– Cale a boca! – gritou ela, mais forte ainda, tremendo da cabeça aos pés, os olhos contorcidos de ódio. – O senhor é que é louco, caiu nesta armadilha, que nos conduziu para a condenação e a morte! O senhor é que é um irresponsável!

O prefeito avançou em direção a ela, mas foi contido por dois homens.

– Vamos escutar o que esta moça tem a dizer! – gritou uma voz na multidão. – Dez minutos não farão nenhuma diferença!

Dez – cinco minutos faziam muita diferença, e cada uma das pessoas, homens ou mulheres, sabia disso. À medida que se confrontavam com a cena, o medo ia crescendo, a culpa ia se espalhando, a vergonha começava a tomar conta, as mãos, a tremer, e todos queriam uma desculpa para mudar de ideia. Enquanto subiam, acreditavam que carregavam uma arma com tiro de festim, e logo tudo estaria terminado; agora, tinham medo de que do cano de sua espingarda saíssem projéteis verdadeiros, e o fantasma daquela velha – que tinha fama de bruxa – viesse assombrá-los de noite.

Ou que alguém falasse. Ou que o padre não tivesse feito o que prometera, e todos ali fossem culpados.

– Cinco minutos – disse o prefeito, procurando fazer com que todos acreditassem que ele estava dando permissão, quando na verdade a moça conseguira impor suas regras.

– Falarei o tempo que quiser – disse Chantal, que parecia haver recuperado a calma, estava disposta a não ceder um centímetro, e agora falava com uma autoridade nunca vista. – Mas não será muito. É curioso ver o que está acontecendo, principalmente porque todos nós sabemos que, na época de Ahab, costumavam passar pela cidade homens que diziam ter um pó especial, capaz de transformar chumbo em ouro. Chamavam a si mesmos de alquimistas, e pelo menos um deles provou que estava falando a verdade, quando Ahab o ameaçou de morte.

"Hoje vocês estão querendo fazer a mesma coisa: misturar o chumbo com sangue, certos de que ele se transformará neste ouro que estamos segurando. Por um lado, têm toda razão. Por outro, assim como o ouro chegou rápido às mãos de cada um, rapidamente sairá delas."

O estrangeiro não estava entendendo o que a moça dizia, mas torcia para que ela continuasse; notava que, num canto escuro de sua alma, a luz esquecida tornava a brilhar de novo.

– Todos na escola aprendemos uma lenda famosa: a do rei Midas. Um homem que encontrou um deus, e o deus lhe ofereceu o que quisesse. Midas já era muito rico, mas queria mais dinheiro, e pediu para transformar em ouro tudo que tocasse.

"Deixe-me recordar-lhes o que aconteceu: primeiro, Midas transformou em ouro seus móveis, seu palácio, tudo que o cercava. Trabalhou uma manhã inteira, e passou a ter um jardim de ouro, árvores de ouro, escadarias de ouro. Ao meio-dia sentiu fome, e quis comer. Mas quando tocou na suculenta perna de carneiro que seus empregados haviam preparado, ela também transformou-se em ouro. Levantou um copo de vinho, e este logo transformou-se em ouro. Desesperado, correu até a mulher, pedindo que o ajudasse, pois agora entendia o erro que havia cometido; quando tocou em seu braço, ela virou uma estátua dourada.

"Os empregados saíram correndo dali, com medo de que acontecesse a mesma coisa com eles. Em menos de uma semana Midas havia morrido de fome e de sede, cercado de ouro por todos os lados."

– Por que nos conta esta história? – perguntou a mulher do prefeito, já deixando a barra no chão e voltando para o lado do marido. – Acaso algum deus veio até Viscos e nos deu esse poder?

– Conto esta história por uma simples razão; o ouro, em si mesmo, não vale nada. Absolutamente nada. Não podemos comê-lo, bebê-lo, usá-lo para comprar mais animais ou terras.

O que vale é o dinheiro; e como vamos transformar este ouro em dinheiro?

"Podemos fazer duas coisas: pedir que o ferreiro derreta estas barras, divida em 280 pedaços iguais, e cada um irá até a cidade trocá-lo. Na mesma hora, levantaremos a suspeita das autoridades, porque não existe ouro neste vale, e é muito estranho que todos os habitantes de Viscos apareçam com uma pequena barra. As autoridades desconfiarão. Nós diremos que achamos um antigo tesouro celta. Uma rápida pesquisa dirá que o ouro foi recém-fundido, que escavações já foram feitas aqui, que os celtas não tinham ouro nesta quantidade – ou teriam erigido uma grande e luxuosa cidade no local."

– Você é uma menina ignorante – disse o dono das terras. – Levaremos as barras exatamente como estão, com selo do governo e tudo. Trocaremos num banco e dividiremos o dinheiro entre nós.

– Esta era a segunda coisa. O prefeito pega as dez barras de ouro, vai até o banco, e pede para que sejam trocadas por dinheiro. O caixa do banco não irá fazer as perguntas que faria se todos nós aparecêssemos com uma barra para trocar; como o prefeito é uma autoridade, apenas pedirá os documentos da compra do ouro. O prefeito dirá que não os tem, mas que, como diz sua mulher, ali está o carimbo do governo, e é verdadeiro. Ali está a data e o número de série.

"A esta altura o homem que nos deu o ouro já estará longe daqui. O caixa irá pedir um certo tempo, pois, embora conheça o prefeito, e saiba que ele é honesto, precisam de autorização para liberar uma quantia tão grande de dinheiro. Vão começar a perguntar como o ouro apareceu. O prefeito dirá que foi o presente de um estrangeiro – afinal, o nosso prefeito é inteligente, e tem resposta para tudo.

"Então, depois de o caixa falar com o gerente, este – embora não suspeite de nada, mas é um funcionário assalariado que tampouco quer correr riscos desnecessários – liga para a matriz do banco. Ali, ninguém conhece o prefeito, e qualquer retirada grande é considerada suspeita; pedem que aguarde dois dias, enquanto confirmam a origem das barras. E o que podem descobrir? Que este ouro foi dado como roubado. Ou que foi comprado por um grupo suspeito de negociar com drogas."

Ela fez uma pausa. O medo que tivera, ao tentar pegar pela primeira vez a sua barra, era agora o medo de todos. A história de um homem é a história de toda a humanidade.

– Porque este ouro tem número de série. Data. Este ouro é facilmente identificável.

Todos olharam para o estrangeiro, que se mantinha impassível.

– Não adianta perguntar nada a ele – disse Chantal. – Teríamos que confiar que estaria dizendo a verdade, e um homem que pede para que um crime seja cometido não merece confiança.

– Podemos prendê-lo aqui até que o metal seja transformado em dinheiro – disse o ferreiro.

O estrangeiro acenou com a cabeça em direção à dona do hotel.

– Ele é intocável. Deve ter amigos poderosos. Telefonou na minha frente para várias pessoas, reservou passagens; se sumir, saberão que foi sequestrado, e virão até Viscos procurá-lo.

Chantal deixou sua barra de ouro no chão e saiu da linha de tiro. As outras mulheres fizeram o mesmo.

– Podem disparar, se quiserem. Mas, como eu sei que isso é uma armadilha do estrangeiro, não vou compartilhar deste crime.

– Você não pode saber nada! – disse o dono das terras.

– Se eu estiver certa, em breve o prefeito estará atrás das grades, e as pessoas virão até Viscos saber de quem ele roubou este tesouro. Alguém terá que explicar alguma coisa, e não serei eu.

"Mas prometo ficar calada; direi apenas que não sei o que houve. Além do mais, o prefeito é um homem que conhecemos – ao contrário do estrangeiro, que parte de Viscos amanhã. Pode ser que assuma a culpa sozinho, diga que roubou de um homem que apareceu em Viscos, e aqui ficou durante uma semana. Ele será considerado por nós todos como um herói, o crime jamais será descoberto, e continuaremos a viver nossas vidas – mas, de uma maneira ou de outra –, sem o ouro."

– Eu farei isso! – disse o prefeito, sabendo que tudo aquilo era uma invenção daquela louca.

Entretanto, já escutava o primeiro ruído de uma espingarda sendo dobrada de novo.

– Confiem em mim! – gritava o prefeito. – Eu aceito o risco!

Mas a resposta era outro ruído, e mais um, e os ruídos pareciam contagiar uns aos outros, até que quase todas as espingardas tinham sido dobradas; desde quando se podia confiar em promessas de políticos? Apenas as do prefeito e do padre permaneciam com o cano em posição de disparo; uma apontava para a senhorita Prym, outra apontava para Berta. Mas o lenhador – que antes imaginara o número de chumbos atravessando o corpo da velha – viu o que estava acontecendo, foi até lá e arrancou-as das mãos dos dois: o prefeito não era louco para cometer um crime só por vingança, o padre não tinha experiência com armas, e possivelmente erraria o tiro.

A senhorita Prym tinha razão: acreditar nos outros é muito arriscado. De repente, parecia que todos se haviam dado conta disso, porque as pessoas começaram a deixar o local, começando pelas mais velhas e terminando pelas mais jovens.

Em silêncio, desceram pela encosta abaixo, procurando pensar no tempo, nas ovelhas que tinham que ser tosquiadas, no campo que precisava ser arado novamente, na temporada de caça que estava para recomeçar. Nada daquilo tinha acontecido, porque Viscos é uma aldeia perdida no tempo, onde os dias são todos iguais.

Cada um dizia para si mesmo que aquele fim de semana não passara de um sonho.

Ou de um pesadelo.

Apenas três pessoas e dois lampiões permaneceram na clareira – sendo que uma delas estava dormindo, amarrada a uma pedra.

– Eis o ouro da sua aldeia – disse o estrangeiro para Chantal. – Na verdade, fico sem ele e sem minha resposta.

– Não é da minha aldeia: é meu. Assim como a barra que está junto à pedra em Y. E você irá comigo transformá-lo em dinheiro; não confio em nenhuma das suas palavras.

– Você sabe que eu não ia fazer o que você disse. E quanto ao seu desprezo por mim: na verdade, ele é o desprezo por você mesma. Você devia estar grata por tudo o que aconteceu, já que, ao lhe mostrar o ouro, eu lhe dei muito mais do que a possibilidade de ficar rica.

"Eu a obriguei a agir; parar de reclamar de tudo e tomar uma atitude."

– Muito generoso de sua parte – continuou Chantal, com ironia na voz. – Desde o primeiro momento eu podia ter comentado algo a respeito da natureza do ser humano; embora Viscos seja uma cidade decadente, teve um passado de glória e sabedoria. Eu poderia ter lhe dado a resposta que procurava, se tivesse me lembrado dela.

Chantal foi desamarrar Berta; viu que ela tinha sido ferida na testa, talvez por causa da posição em que haviam colocado sua cabeça na pedra; mas não era nada grave. O problema, agora, era ficar ali até de manhã, esperando que ela acordasse.

– Pode me dar esta resposta agora? – perguntou o homem.

– Alguém já deve ter lhe contado o encontro de São Savin com Ahab.

– Claro. O santo veio, conversou um pouco com ele e, no final, o árabe se converteu, porque viu que a coragem do santo era maior que a sua.

– Isso. Só que, antes de dormir, eles conversaram um pouco, embora Ahab tenha começado a afiar o seu punhal a partir do momento em que São Savin colocou os pés na sua casa. Certo de que o mundo era um reflexo de si mesmo, resolveu desafiá-lo, e perguntou:

"– Se hoje entrasse aqui a mais bela prostituta que circula pela cidade, você conseguiria pensar que ela não é bela e sedutora?

"– Não. Mas eu conseguiria me controlar – respondeu o santo.

"– E se eu lhe oferecesse muitas moedas de ouro para que deixasse a montanha e se juntasse a nós, você conseguiria olhar este ouro como se fossem pedras?

"– Não. Mas eu conseguiria me controlar.

"– E se fosse procurado por dois irmãos, um que o detesta, outro que vê em você um santo, você conseguiria achar que os dois são iguais?

"– Mesmo sofrendo, eu conseguiria me controlar, e trataria ambos da mesma maneira."

Chantal fez uma pausa.

– Dizem que este diálogo foi importante para que Ahab aceitasse ser convertido.

O estrangeiro não precisava que Chantal lhe explicasse a história: Savin e Ahab tinham os mesmos instintos – o Bem e o Mal lutavam por eles, como lutavam por todas as almas sobre a face da Terra. Quando Ahab entendeu que Savin era igual a ele, também entendeu que ele era igual a Savin.

Era tudo uma questão de controle. E de escolha.

Nada além disso.

Chantal olhou pela última vez o vale, as montanhas, os bosques onde costumava caminhar quando criança, e sentiu na boca o gosto da água cristalina, das verduras recém-colhidas, do vinho caseiro, feito com a melhor uva da região e que era cuidadosamente guardado por seus habitantes, para que nenhum turista o descobrisse – já que a produção era pequena demais para ser exportada a outros lugares, e o dinheiro podia fazer com que o produtor de vinhos mudasse de ideia.

Voltara apenas para despedir-se de Berta; vestia as mesmas roupas que costumava usar, de modo que ninguém ali descobrisse que, em sua curta viagem até a cidade, transformara-se numa mulher rica: o estrangeiro havia providenciado tudo, assinado os papéis de transferência do metal, providenciado que o mesmo fosse vendido e o dinheiro depositado na conta recém-aberta da senhorita Prym. O caixa do banco olhara os dois com uma discrição exagerada, e não fizera uma pergunta além das necessárias para que as transações fossem efetuadas. Mas Chantal tinha certeza do que ele pensara: estava diante da amante jovem de um homem maduro.

"Que sensação gostosa", relembrou. Segundo o caixa do banco, ela devia ser tão boa na cama que valia aquela quantidade imensa de dinheiro.

Cruzou com alguns habitantes; ninguém sabia que ela iria partir, e a cumprimentaram como se nada tivesse acontecido, como se Viscos nunca tivesse recebido a visita do demônio. Ela retribuiu os cumprimentos, também fingindo que aquele dia era igual a todos os outros de sua vida.

Não sabia o quanto havia mudado com tudo o que descobrira a respeito de si mesma; mas tinha tempo para aprender. Berta estava sentada na frente de sua casa – já não mais para vigiar o Mal, mas porque não sabia fazer outra coisa na vida.

– Vão fazer uma fonte em minha homenagem – disse ela. – É o preço do meu silêncio. Embora eu saiba que não irá durar muito nem matar a sede de muitas pessoas, já que Viscos está condenada de qualquer jeito: não por causa de um demônio que apareceu por aqui, mas pelo tempo em que vivemos.

Chantal perguntou como era a fonte; Berta havia concebido um sol de onde jorrava água na boca de um sapo – ela era o sol, o padre era o sapo.

– Eu estou matando sua sede de luz, e assim permanecerei enquanto a fonte estiver ali.

O prefeito reclamara dos custos, mas Berta não dera ouvidos, e agora eles não tinham outra escolha; os trabalhos estavam marcados para começar na semana seguinte.

– E você, finalmente, vai fazer aquilo que lhe sugeri, minha filha. Uma coisa eu posso dizer, com toda certeza: a vida pode ser curta ou longa, dependendo da maneira como a vivemos.

Chantal sorriu, beijou-a, e virou – para sempre – as costas a Viscos. A velha tinha razão: não havia tempo a perder, embora ela esperasse que sua vida fosse muito longa.

22/1/2000 23h58

CONHEÇA OUTROS TÍTULOS DO AUTOR

Manuscrito encontrado em Accra

14 de julho de 1099. Enquanto Jerusalém se prepara para a invasão dos cruzados, um grego conhecido como Copta convoca uma reunião com os jovens e velhos, homens e mulheres da cidade.

A multidão formada por cristãos, judeus e muçulmanos chega à praça achando que irá ouvir uma preleção sobre como se preparar para o combate, mas não é isso que o Copta tem a lhe dizer.

Tudo indica que a derrota é iminente, mas o grego só quer instigar as pessoas a buscarem a sabedoria existente em sua vida cotidiana, forjada a partir dos desafios e dificuldades que têm de enfrentar.

O verdadeiro conhecimento, acredita, está nos amores vividos, nas perdas sofridas, nos momentos de crise e de glória e na convivência diária com a inevitabilidade da morte.

Manuscrito encontrado em Accra é um convite à reflexão sobre nossos princípios e nossa humanidade.

Aleph

Num tom franco e extremamente pessoal, Paulo Coelho relata sua incrível jornada de autodescoberta. Como o pastor Santiago de seu grande sucesso *O Alquimista*, o escritor vive uma grave crise de fé. À procura de um caminho de renovação e crescimento espiritual, ele resolve começar tudo de novo: viajar, experimentar, reconectar-se às pessoas e ao mundo.

Ao embarcar para a África, depois para a Europa e, por fim, cruzar a Ásia pela ferrovia transiberiana, Paulo busca revitalizar sua energia e sua paixão. Mas nem pode imaginar que surpresa essa peregrinação lhe reserva.

Ele conhece Hilal, uma jovem e talentosa violinista, e descobre que ela foi sua grande paixão numa vida passada, mas que ele a traiu de maneira tão covarde que, mesmo 500 anos depois, isso o impede de ser feliz. Juntos, os dois se lançam numa viagem pelo tempo e o espaço, abrindo-se para o amor, o perdão e a coragem de enfrentar os desafios da vida.

Bonito e inspirador, *Aleph* é um convite à reflexão sobre o significado da nossa jornada pessoal: será que estamos onde queremos estar, fazendo o que desejamos fazer?

Aleph não deve ser apenas lido, mas vivido.

O Alquimista

De tempos em tempos surge um livro capaz de mudar para sempre a vida de seus leitores. *O Alquimista* é um deles.

Com mais de 45 milhões de exemplares vendidos em todo o mundo, o mais famoso título de Paulo Coelho já se estabeleceu como um clássico moderno, atemporal e universal. Quase 25 anos após seu lançamento, segue fascinando públicos cada vez maiores, de diferentes gerações.

Simples, sábia e inspiradora, essa história refaz os passos de um pastor da Andaluzia que viaja para o deserto egípcio em busca de um tesouro enterrado nas Pirâmides.

O que começa como uma jornada para encontrar bens materiais torna-se uma descoberta das riquezas que escondemos dentro de nós mesmos.

As belas lições que Santiago aprende ao longo do caminho nos falam da sabedoria de ouvir o que diz o coração, de ler os sinais com que deparamos ao longo da vida e, acima de tudo, de seguir os nossos sonhos.

O diário de um mago

O diário de um mago é o relato da peregrinação feita por Paulo Coelho em 1986 pelo Caminho de Santiago. Motivada por sua profunda ambição espiritual e pelo desejo de se tornar escritor, a travessia se transforma em algo maior do que ele imaginava.

Enquanto narra sua jornada mística e as duras lições que aprendeu com o guia Petrus, Paulo entende que o extraordinário não reside em rituais e segredos mágicos, mas na simplicidade e no cotidiano das pessoas comuns.

Onze minutos

Em *Onze minutos* Paulo Coelho explora o tema do sexo e cria um conto de fadas moderno, melancólico e sensual, que narra a transformação de uma mulher em busca de si mesma.

Maria, uma jovem nordestina desiludida com o amor, sai de casa à procura de aventura e paixões, e é na Suíça, como prostituta, que encontra as respostas para suas perguntas mais profundas. Baseado em fatos reais, o romance parte da banalização do amor e do sexo para nos fazer refletir sobre a natureza humana e a liberdade de sermos nós mesmos.

Veronika decide morrer

Veronika parece ter tudo. Mas certo dia frio de novembro ela toma um punhado de remédios para dormir com a intenção de nunca mais acordar. Só que ela acorda em um sanatório, lugar de onde ninguém jamais havia fugido. Inspirado em experiências próprias, Paulo Coelho escreveu *Veronika decide morrer* para questionar o significado da loucura e celebrar os indivíduos que não se encaixam nos padrões do que a sociedade considera "normal". Esse romance faz um retrato tocante daqueles que estão na fronteira entre sanidade e loucura, felicidade e desespero, transmitindo a mensagem poética de que cada dia é um verdadeiro milagre.

O Zahir

O protagonista de *O Zahir* é um autor de renome internacional, casado há dez anos com Esther, uma jornalista bem-sucedida.

Um dia Esther desaparece e as autoridades decidem interrogar o marido. Ele não tem as respostas, mas, pouco a pouco, começa a questionar a própria existência.

Passado algum tempo, um amigo de Esther encontra o escritor e promete levá-lo até sua mulher. Os dois deixam para trás o glamour parisiense e embarcam numa viagem ao Cazaquistão. É nesse lugar, marcado por uma história trágica e espiritualmente poderosa, que o escritor faz descobertas surpreendentes sobre si mesmo.

Na margem do rio Piedra eu sentei e chorei

Pilar é uma jovem do interior da Espanha com muitos sonhos frustrados. Quando um amigo de infância volta a entrar em contato, ela se surpreende ao descobrir que seu primeiro amor se tornou um líder religioso e é reverenciado como milagreiro.

Ao se reencontrarem, porém, ambos são unidos por um único desejo: o de tornar seus sonhos realidade. Numa peregrinação espiritual através das montanhas dos Pireneus, os amantes trilham o árduo caminho do reencontro com as próprias verdades.

Nesse livro Paulo Coelho nos oferece uma parábola sobre o amor que transcende todas as coisas.

Manual do guerreiro da luz

A partir da história de um garoto que aprendeu a silenciar a mente para ouvir os sinos de um templo sagrado escondido no fundo do mar, *Manual do guerreiro da luz* aborda temas como coragem, disciplina, fé, confiança, escolhas, responsabilidade, amizade e gratidão. Ideal para ser consultado quando nos sentimos despreparados para lidar com alguma situação, esse livro reúne mensagens inspiradoras que nos ajudam a encontrar nossa força interior e a enfrentar com coragem e sabedoria as incertezas da vida.

Uma bela reflexão sobre nossa conduta, nossas motivações e as atitudes que tomamos diante daquilo que nos atormenta.

Brida

Brida é uma jovem irlandesa que sempre se interessou por magia. Em determinado momento, ela sente que é chegada a hora de mergulhar mais fundo nesse assunto e resolve procurar os sábios que dominam a arte da feitiçaria.

Enquanto Brida tenta aplacar sua sede de conhecimento, também luta para vencer seus medos e encontrar o equilíbrio entre seus relacionamentos atuais e as descobertas de suas vidas passadas.

Essa é uma história de amor, paixão, mistério e espiritualidade, que trata do ancestral anseio humano por encontrar a alma gêmea.

Maktub

Maktub não é um livro de conselhos, mas uma troca de experiências. A maior parte dos textos se refere a ensinamentos que Paulo Coelho recebeu de seu mestre ao longo de 11 anos. Outros são relatos de amigos ou pessoas desconhecidas que de uma forma ou de outra lhe deixaram uma mensagem inesquecível. Finalmente, existem trechos de livros que ele leu e de histórias que pertencem à herança espiritual da raça humana. A proposta do autor é reunir um apanhado da sabedoria universal destacando um ponto comum a todas as histórias: a busca da felicidade. *Maktub* oferece aos leitores uma oportunidade de refletir e se reencontrar.

O dom supremo
Henry Drummond
Adaptado por Paulo Coelho

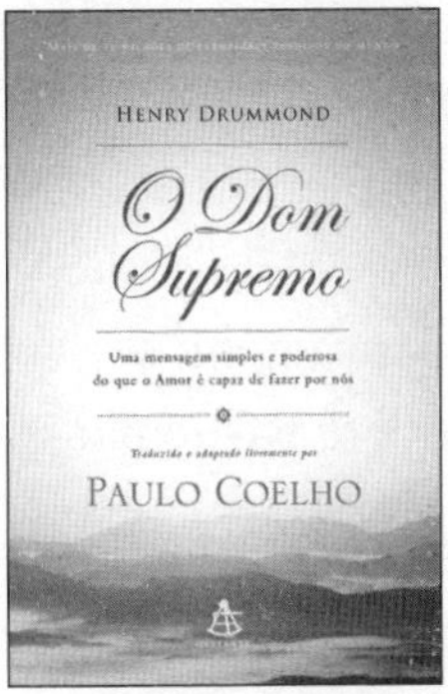

"Ainda que eu fale as línguas dos homens e dos anjos, se não tiver Amor, serei como o bronze que soa, ou como o címbalo que retine."

Todos nós, em algum momento, já ouvimos essa passagem da carta de São Paulo aos Coríntios. Mas será que realmente compreendemos sua mensagem?

No fim do século XIX o jovem missionário Henry Drummond é convidado a substituir um famoso pregador. A princípio a plateia fica contrariada, mas logo é cativada por sua análise das palavras do apóstolo Paulo.

Esse sermão, *The Greatest Thing in the World*, tornou-se um clássico e sem dúvida é um dos textos mais bonitos já escritos sobre o Amor. Drummond o decompõe em nove elementos: paciência, bondade, generosidade, humildade, delicadeza, entrega, tolerância, inocência e sinceridade.

Ao contrário do que estamos habituados a ouvir, o maior tesouro da vida espiritual não é a fé, mas o Amor. Não importa qual seja a sua crença religiosa, esse sentimento é, sem dúvida, o modo mais recompensador de viver.

Em *O dom supremo* Paulo Coelho traduz e adapta o texto de Henry Drummond, oferecendo uma mensagem verdadeira e poderosa que nos ajudará a incorporar o Amor ao nosso dia a dia e vivenciar todo o seu poder de transformação em nossas vidas.

INFORMAÇÕES SOBRE OS
PRÓXIMOS LANÇAMENTOS

Para saber mais sobre os títulos e autores da EDITORA SEXTANTE, visite o site www.sextante.com.br, curta a página facebook.com/esextante e siga @sextante no Twitter. Além de informações sobre os próximos lançamentos, você terá acesso a conteúdos exclusivos e poderá participar de promoções e sorteios.

Se quiser receber informações por e-mail, basta cadastrar-se diretamente no nosso site ou enviar uma mensagem para atendimento@esextante.com.br

www.sextante.com.br

facebook.com/esextante

twitter: @sextante

Editora Sextante
Rua Voluntários da Pátria, 45 / 1.404 – Botafogo
Rio de Janeiro – RJ – 22270-000 – Brasil
Telefone: (21) 2538-4100 – Fax: (21) 2286-9244
E-mail: atendimento@esextante.com.br